АЛЕКСАНДР ИЛИЧЕВСКИЙ

АЛЕКСАНДР ИЛИЧЕВСКИЙ
ОРФИКИ

РОМАН

АСТ

МОСКВА

УДК 821.161.1
ББК 84(2Рос=Рус)6
И43

Художник *Андрей Рыбаков*

Иличевский, Александр Викторович

И43   Орфики : роман / Александр Иличевский. – Москва : АСТ, 2013. – 283, [5] с. – (Проза Александра Иличевского).

ISBN 978-5-17-077727-3

Герой нового романа Александра Иличевского «Орфики», двадцатилетний юноша, вместо того, чтобы ехать учиться в американский университет, резко меняет свою жизнь. Случайная встреча с молодой женщиной, *femme fatale*, рушит его планы, вовлекая в сумасшедшую атмосферу начала девяностых. Одержимый желанием спасти свою подругу от огромного долга, он вступает в рискованные отношения, апофеозом которых становится «русская рулетка» в Пашковом доме – игра в смерть...

УДК 821.161.1
ББК 84(2Рос=Рус)6

Подписано в печать 21.02.13. Формат 84х108/32.
Усл. печ. л. 15,12. Тираж 4000 экз. Заказ № 1691.

Общероссийский классификатор продукции
ОК-005-93, том 2; 953000 – книги, брошюры

ISBN 978-5-17-077727-3

Óрфики – исповедующие орфи́зм, эзотерическое мистическое учение Древней Греции и Фракии, чьи священные тексты сочинены поэтом и певцом Орфеем. Орфики, устраивая мистерии, поклонялись Аполлону и пренебрегали Дионисом. Они верили в способность человека с помощью самопожертвования умилостивлять богиню неизбежности, рока – Ана́нке, и изменять будущее.

Недавно со мной приключилась беда, и размышления о ее причинах привели меня в далекую юность, когда я не мог даже представить, что переживу свое двадцатипятилетие: так я торопился. Теперь мне тридцать восемь, и прожитое спешит расквитаться со мной, так что приходится держать оборону.

Когда-то, в позапрошлой жизни, я снимал угол на даче у своего студенческого приятеля, в генеральском поселке близ одного из аэропортов Москвы. Мой однокурсник Паша и его жена Ниночка целыми днями не вылезали из постели и вели ночной образ жизни. Пересекались мы на веранде лишь на рассвете, когда я умывался и варил кофе, а они допивали бутылку вина. После, чтобы не чуять их яростную возню за стенкой, я выходил с кружкой в сад послушать птичью перекличку и проверял, не появились ли за ночь белые грибы под тремя березами. По вечерам мои заспанные соседи завтракали шампанским и консервированными крабами – остатками свадебного пиршества, пайка из «Гименея», и Павел жаловался, что осенью, после медового времени, его ждет пересдача по матфизике.

Я жил в баньке, спал на полке, а работал или читал в сенях за разломанным старинным секретером. Компанию мне составлял мышонок, которого я звал Васей и подкармливал плавленым сырком. В баньке и днем и ночью что-то шуршало под крышей, сами собой поскрипывали половицы, и иногда дятел, вцепившийся в трухлявый подоконник, пугал оглушительной дробью.

Молодожены жили в старом доме, вторую половину которого занимала Павлушина бабушка, генеральская вдова – глухая, но деятельная старушка: в свои восемьдесят она таскала воду из колодца и занималась огородом. Ее дочь приезжала на электричке по субботам, носила очки в позолоченной оправе, того типа, который теперь можно было встретить только в фильмах о советских инженерах шестидесятых годов. За постой я расплачивался только с ней; в свой приезд она неизменно устраивала матери скандал, и ее вопли – «Сволочь! Сволочь!» – будили Ниночку, которая приходила ко мне через сад в халатике с припухшими веками и влажными алыми губами – переждать топот и гам свекрови.

Сдав сессию, я предавался празднеству лета: дни напролет бродил по лесам и полям, собирал грибы, составлял из васильков и ромашек букеты, сушил цикорий, зверобой, удил голавлей или валялся на лугу под посадочным коридором, следя за тем, как над горизонтом появляется и растет чуть дымящаяся галочка, чтобы через некоторое время проплыть надо мной огромной серебряной тушей с пошевеливающимися закрылками и плюсной уже выпущенных шасси.

Поздней осенью я должен был улететь за океан, где меня ждал мой научный руководитель, обосновавшийся в одном из университетов Новой Англии. Время перед отъездом похоже на время перед смертью и при условии успешно завершенных дел и выполненных обязательств обладает магией печально-покойного очарования. Я был полон им, но смотрел на взлетающие или садящиеся самолеты с влечением к будущему, словно веря в «загробную» – после отъезда – жизнь, подлинную, наполненную важными встречами, насыщенную новым смыслом и свободную от страданий...

Однажды, возвращаясь в поселок, я случайно забрел на тропку, обрывавшуюся над оврагом. Я двинулся дальше, погрузился в дебри борщевика и крапивы, но скоро увидал невысокую потайную калитку, открывшую лаз в высоченном заборе. Солнце уже закатывалось, и на пыльных стеклах длинной оранжереи пылали его потоки. Я заглянул внутрь и был одурманен духотой и каким-то мучительным цветочным запахом... У входа в оранжерею стояли грабли, лопата, и посыпанная свежим – искрящимся, еще не стертым песком дорожка уводила куда-то между полопавшимися от древности липами. Я оглянулся и, заглядываясь вверх на наполненные низким солнцем кроны, двинулся по ней в полной тишине: птицы еще не начали свою ночную любовную перекличку. Справа открылась гладь заросшего пруда, блестевшая меж стволов елей. Я спустился к воде и потянул стебель едва распустившейся кубышки. Оторвать его не удалось, и несколько теплых капель остались на моем запястье. Я поискал глазами желтые ирисы, рассчитывая принести их в жертву Ниночке. На том берегу виднелся полузатопленный остов лодки. Длинные тени перемежали рассеянный свет, текущий над прудом и меж стволами деревьев; воздух насыщался предвечерней прохладой, и я поспешил вернуться на аллею, которая привела к показавшемуся на взгорье дому. Он был обнесен высокой просторной террасой, от крыльца к берегу сбегали мостки. Над кровлей раскинулась сосна с раздвоенным стволом, над проплешиной в траве с ветки свисали качели. Перед порогом летней кухни, застекленной цветными стеклами, криво стоял медный самовар, и начищенный его бок был объят заходящим солнцем. Я увидал в траве мыльницу с горсткой мокрой соды, хранившей отпечатки чьих-то пальцев... И на мгновение застыл, захваченный воспоминанием, как в детстве каждый год в День Победы натирал пряжку на солдатском ремне деда, с которым он вернулся, контуженный и без руки, из-под Майкопа.

Скрываясь за зарослями жимолости, я поглядывал на распахнутые окна с колышущимися призраками тюля, с темневшей в глубине старинной мебелью, книжными шкафами, на шар аквариума, стоявший на подоконнике второго этажа, где огромно полоскался хвост золотой рыбки. Я только-только обошел дом и вышел на продолжение аллеи, которая вела теперь к главным воротам, как вдруг услышал над ухом хриплый шепот: «Тпру, Савраска!»

Я обмер и ускорил шаг, но голос раздался снова, теперь громче:

– Стой, раз-два.

Я встал как вкопанный.

– Кру-гом.

Я повернулся на пятках. Передо мной под березой покачивался тучный седой человек с белыми глазами и в расхристанной рубахе, выбившейся из армейских галифе с лампасами. Он стоял босой и словно не видел меня, я терялся в глубине его мутного взгляда. Шатаясь и елозя спиной по бересте, он держал в руках двустволку.

– В дом ша-гом ма-а-рш, – произнес он.

– Идти надо? – переспросил я, сознавая, что визави мой смертельно пьян.

– В дом. Шагом... марш, – устало повторил человек, и я увидал, что ружейные стволы всматриваются в мою переносицу.

Подталкивая ружьем меж лопаток, мой сторож привел меня на террасу. Мы поднялись по скрипучей широкой лестнице на второй этаж. По дороге я оглянулся в поисках пути для бегства и заметил на стене голову оленя с лакированными рогами и казавшимися живыми глазами.

– Садись, – сторож показал на стул перед открытым окном, в котором плавала солнечная рыбка; на подоконнике стояли бутылка коньяка, стакан, на блюдце желтел лимон.

Сторож – или человек, которого я принял за сторожа, – сел напротив, положил ружье на колени.

– Кто таков? – прищурился он из-под сильных бровей, и я всмотрелся в его будто бы вымытые белесые зрачки.

– Простите меня. Я случайно забрел на ваш участок.

– Кто таков, я спрашиваю!

– Студент, снимаю дачу на Белинского.

Сторож удовлетворенно кивнул.

– На Белинского, значит.

– На ней, – отвечал я.

– Василий Семеныч я, – вдруг подобрел сторож. – Человек и генерал в отставке.

– Очень приятно. Петр меня звать.

– Звать, мать-перемать, – быстро сказал генерал. – Петя, стало быть.

Он пальцами разгладил складки вокруг мясистого рта, взял бутылку и опрокинул ее в стакан.

– Пей, – протянул он мне.

Я замотал головой.

– Пей.

– Я непьющий.

– Пей, Петя. Стрелять буду. – В толстых пальцах генерала шевельнулся приклад. – Соль у меня первого помола, шкура – в сито.

Я недоверчиво покосился на ружье, взял стакан и на выдохе, как учил меня отец, предупреждавший, что когда-нибудь мне придется выпить залпом «огненной воды», вытянул отраву. Когда открыл глаза, комната плыла всем объемом, и аквариум, заключая и закругляя в себя попеременно окно, деревья, пруд, грозное лицо моего мучителя, пересек воздух.

Остаток генерал влил в себя из горла́ и закинул в рот ломтик лимона.

– А теперь скажи мне, как родному, – сказал он, разжевывая лимон и зверски морщась. – Ты советскую власть уважаешь?

– Уважаю.

– Видишь? – генерал поднял вверх указательный палец. – А она не уважила.

– Кто «она»?

– Голоса слушаешь? – продолжил допрос генерал.

– Голоса?

– Америку слушаешь?

– «Голос Америки»?

– Так точно.

– Я наукой занимаюсь. Мне некогда.

– Правильно. Так держать, – кивнул генерал и, чтобы достать еще бутылку, потянулся под стул, на котором лежала шахматная доска с расставленными кое-как, пляшущими фигурами. Прежде чем хрустнуть пробкой, он обтер запыленное горлышко рукавом.

Больше пить я не мог, и заскучавший генерал заставил меня сыграть с ним партию в шахматы, которую я, несмотря на опьянение, выиграл. В результате навязанного мне гамбита Муцио я поставил мат конем и спросил:

— Разрешите идти?

Генерал, тем временем осушивший еще стакан, наконец осознал, что его королю более некуда бежать, и смерил меня колючим взглядом.

— Вольно. Заходи, когда хочешь.

— Спасибо, — ответил я, встал и, зашатавшись, попробовал схватиться за перила лестницы. Но не сумел и загрохотал вниз по ступеням, на которых налетел на девушку, стремительно взбегавшую вверх.

Я вытянулся по струнке. Коснувшаяся при столкновении своим голым плечом моей руки, она строго всмотрелась в меня и покраснела. Она была в джинсах и коротенькой марлевой блузке, под которой мерцала полоска загорелой кожи. Волна неслышного аромата, будто от огромного цветка, окутала мое сознание. Не старше меня, тонкая, с прозрачной мраморной кожей, с трогательным большим ртом, миндалевидными глазами и целой копной карих волос, в сандалиях, до щиколотки антично оплетавших ступню, на которой бронзово блеснул налипший речной песок, она смущенно улыбнулась, и у нее вырвалось: *"Watch out!"* Но тут же потупилась, и мне ничего не оставалось, как пробормотать извинения и ринуться дальше, чтобы внизу повстречаться с широкоплечим рослым военным, державшим за околыш фуражку. Он провел ладонью по лбу с прилипшими к нему мокрыми волосами и уставился на меня. Красивый человек лет тридцати, с пшеничными усами, голубоглазый, взгляд насмешлив.

— Как там, на мостике? — заговорщицки спросил он и подмигнул, показав на потолок. — Буянит?

В юности, когда год жизни идет за три, тридцатилетний человек выглядит стариком, и особенно военный... Я пробормотал «извините», сбежал с крыльца на мостки, спрыгнул на берег и в сумерках едва отыскал тропинку вокруг пруда к воротам, которые оказались заперты, и пришлось через них карабкаться, чтобы спрыгнуть в подушку придорожной пыли. Домой я вернулся свежим, будто только что хорошо выспался и видел прекрасный сон. Полночи я тогда просидел вместе с Павлом и Ниночкой, мы играли в преферанс, и я иногда таинственно улыбался про себя, вспоминая и сберегая свою тайну...

Вскоре после этого как-то вечером мы с сонным Павликом под окном кухни меняли газовый баллон. Вдруг распахнулась калитка, и та самая девушка, с которой я столкнулся при бегстве, вкатила велосипед и вручила мне то, что просил передать генерал, — из тесного кармашка шорт она достала сложенные двадцать пять рублей и решительно мне протянула.

— Чем обязан? — спросил я.

— Отец сказал, что проиграл вам это в шахматы.

— Мы играли на интерес, заберите.

Девушка откинула назад волосы и спрятала деньги.

— Папа просил вас заглядывать, — сказала она, вскочив в седло.

Потом развернулась и обратилась к моему товарищу:

— Что же ты, Паша, загордился? Как женился, так и знать нас не желаешь. Совсем взрослым стал. Не бойся, не съем! Приходи по-соседски, пульку распишем... А вы умеете в преферанс? — обратилась она ко мне.

— Павел нынче очень занят, грызет гранит осенней пересдачи, — сказал я. — А что касается меня, я всегда рад пулькой развлечься.

Когда она уехала, Пашка всё разъяснил. Отец девушки – несчастный генерал Глебов; ее мать, вышедшая замуж в восемнадцать лет, убедилась в самостоятельности дочери и недавно, как открыли границы, сбежала с многолетним любовником в Америку. Генерал едва не сошел с ума от бессилия, запил горькую и с прошлого лета не просыхает. К тому же его обвиняют в казенной растрате: подписал, не глядя, акт приема работ по ремонту огневого городка и танкового полигона, а суд теперь всё тянется и жилы из него тащит.

Красавицу зовут Верой, а дача их местными обитателями звалась Султановка – потому что генерал, вернувшись когда-то из Средней Азии, привез с собой пару павлинов. Птицы оглашали окрестности своими ужасными песнями до тех пор, пока не околели в одну из зим, а прозвание Султановка осталось. Поговаривали, что генерал, попавший в историю, подал рапорт об отставке...

– Шальное нынче время, – заключил Паша. – Классе в восьмом я с Веркой целовался, – добавил он с ухмылкой. – Справляли Новый год, дурачились, валялись в снегу после шампанского с мороженым из рябины... Но дальше дело не пошло, она всегда была идейной девицей, с диктатом общественного долга. Дочь комсомолии. После школы сразу замуж. Почти династический брак с сыном завкафедрой военной академии. Муж ее недавно получил капитана. Даром что нынче танки и ракеты превращаются в металлолом. Надо бы и вправду их навестить...

Скоро Ниночка уехала в Питер на похороны тети. Решено было, что Павел останется, и мы стали с ним коротать вечера. Как-то раз мы вспомнили об обитателях Султановки и отправились к ним. Вера накормила нас окрошкой, крикнула мужа, и мы сели за круглый стол под абажур, играть в карты. Пружинисто и бесшумно слетел по лестнице муж Веры, голова его была хорошо подстрижена, а одет он был в спортивный костюм *Adidas*, предмет вожделения нашей убогой юности.

– Знакомьтесь, – сказала Вера. – Мой муж Никита.

Рукопожатие капитана оказалось неожиданно вялым. Он сел за стол, но отказался от раздачи карт, сославшись на то, что скоро вынужден будет покинуть наше общество:

– Дела, мужики, дела. Я б с удовольствием расписал полтинник, да грехи не пускают.

Через некоторое время спустился хмурый генерал с красными запухшими глазами и, казалось, не вспомнив меня, уселся над тарелкой, принялся хмуро жевать и рассеянно следить за игрой. Вера стала говорить о политике, о том, что происходит сейчас в Москве, гремящей и волнующейся митингами на площадях. Тогда, еще презирая любую форму социальной реакции, я слушал молча и украдкой поглядывал то на генерала, то на его дочь. Вера рассказала, как она столкнулась на Тверском бульваре с шествием каких-то ряженых бородачей в черных рубахах – они несли хоругви, иконы и распевали гимны.

– Теперь ясно, – заключила она, – почему у нас на Ордынке каждый день собираются толпы. От нашей подворотни до израильского консульства три шага. Если не на каблуках.

Я не сдержал улыбки.

– Крысы с корабля, – буркнул Павел. – Пускай сгинут... Нынче хорошо уже хотя бы то, что веселей жить и не нужно кланяться... Семь бубен.

— У тебя ж прадед старый большевик, — сказала Вера. — Из его пайка ты вскормлен сервелатом, индийским чаем, гречкой, шпротами и сметаной, в которой нож стоит... стоял. Пас.

Генерал, всё это время молчавший, бережно слушая дочь, вдруг спросил:

— А как тебе окрошка, Павлик? В столовке так поди не кормят?

— Вкусная...

— Дочка у меня мастерица, вся в мамочку, — и генерал вдруг возвысил голос: — Но тоже, понимаешь ли, номенклатурное отродье. Не брезгуешь с нами за одним столом? Взять меня... Хотя на кой меня брать-то? Я теперь человек в отставке, под пятой судьбы и под задом у эпохи... Однако же и мой ребёнок на номенклатурных харчах взращен. Да и сам я куда ни шло на пайку никогда не жаловался. А всё ж таки отдал отчизне жизнь и ум. Вот только душу приберег, себе припас. Не возражаешь?..

— При чем здесь душа, — холодно произнес Павел.

— Папа, что ты говоришь такое, — спохватилась Вера. — Тебе нельзя волноваться.

Мне стало жаль генерала, который, видимо, уже опустился ниже той грани, за которой самолюбие совмещалось с самоуничижением. Я пристальней уставился в веер карт, едва сдерживаясь от волнения, которое вызывало у меня прикосновение девичьего колена под столом.

– Сейчас, – начал я горячо говорить, стараясь увести в сторону разговор, – важно не пустить историю на самотек. Наступила эпоха золотой лихорадки. Война за раздел делянок неизбежна. Задача нравственных сил страны – направить ее в созидательное русло. В физике есть явление направленного взрыва. Недавно в прикаспийской степи направленным атомным взрывом был потушен пожар на газоносном месторождении. Факел высотой в триста метров грохотал над степью в течение года. Стаи перелетных птиц в сумерках отклонялись на его сияние. Привлеченные трупами дроздов, гусей, фламинго, шакалы и волки перестали бояться людей. Вот и наша страна представляет сейчас подобное пылающее месторождение. Оно горит огнем, оно гибельно даже для птиц высокого полета и полно падальщиков. Наша задача любой ценой направить целительный взрыв на пламя.

Всё это время муж Веры насмешливо посматривал на Павла и как будто не замечал меня, чувствовавшего на своих щеках пристальный немигающий взгляд Веры.

— Каким ты был, казак, таким ты и остался, — пожал плечами Павел, переведя на меня взгляд от карт. — Не взрослеешь, дядя.

А я, взглянув на Веру, заметил в ее разгоревшемся от моей речи взгляде то, что поразило меня и только усилило желание. Я продолжил, заметив, что генерал кивнул, хотя этот его хмельной жест не означал многого.

— Главное — не дать старой власти воцариться под новыми лозунгами. Согласен, идея утопическая. За нее рупь двадцать дают. Но что-то же надо делать? Сейчас полно падальщиков, они расклевывают труп родины. Важно подавить в себе низменные инстинкты, остаться самим собой... Длительное сопротивление превращает врага в недруга, потом в соратника. Во время ближнего боя, чтобы убить, приходится обнимать. Объятие — оружие гражданской войны. Надо отделять будничное от святого. Не надо ходить на собрания нечестивых.

— Вы часто принимали участие в ближнем бою, юноша? — улыбаясь в усы, спросил меня муж Веры.

– Постой, Никита, дай я скажу... – зарделась Вера. – Люблю физиков, всё им можно объяснить. По мне, так те, кто стоит в толпе на Ордынке, как раз и решили отделить себя от будней. А ты, Павел, их презираешь.

Вера стала говорить отрывисто и убежденно. Многое из ее речи мне было против шерсти. Но я слушал внимательно, какая-то неведомая сила заставляла меня испытывать с ней солидарность.

Она говорила о том, что, пока страна переходит из одних рук в другие, нельзя оставаться в стороне.

– Если тебя волнует будущее, – говорила она, не глядя мне в глаза, – нужно позаботиться, чтобы оно не прошло мимо. Павку Корчагина в школе все проходили? Он что сказал? «Жизнь надо прожить так, чтобы не было мучительно больно за бесцельно прожитые годы». Понял? А ты предлагаешь отойти в сторонку и дождаться, пока другие сокровища разнесут по норам. Все уж по домам, а ты так и стоишь – в гордом одиночестве, весь в белом. Как Д'Артаньян.

– Как пингвин, – поправил Пашка.

– Каждому свое, – продолжала Вера. – Ну, стой, никто тебе не мешает. Главное понять: если не мы, то другие. А на что нам другие-то, когда у нас самих семь ртов по лавкам?

За террасой, на выкошенной лужайке стрекотали кузнечики, долгий июньский день всё никак не переливался в вечер...

Понемногу я стал понимать, что к чему в семье Глебовых. Генерал беспрекословно слушался дочери во всем, кроме выпивки. По всему дому у него были устроены схроны алкоголя, заначки. Украдкой запьянев, он утрачивал охоту к разговорам и шел на пруд, где у него был устроен шалаш, а в рогульках стояли удочки.

В тот вечер он водрузил на стол бутылку рома, и Павел распил ее с ним под испепеляющим взором Веры. Виночерпием вызвался быть Никита, который, однако, сам только пригубил, притом что охотно наполнял рюмки разгоряченному спором Павлу и генералу, монотонно забрасывавшему в горло стопку за стопкой.

— Вот у нас в голове не укладывается то и это, — я пытался возражать Вере. — А у других всё отлично упаковано. Вам, например, кажется, что «налетай, пока не разобрали», а мне моя совесть интересней. А внешне мы ничем не различаемся... Ну, то есть различаемся, конечно... Я имею в виду, что мы один народ, продукт одной отчизны. И в то же время нет баррикады выше той, что между нами.

— Правильно излагает, — причмокнул губами генерал и снова откинулся на спинку.

— Вот это расщепление и чудовищно. Оно наследие страшного пустого века. И граница между нами, кажется, всё та же колючая проволока. Если всерьез, то у меня только одна надежда — на наш народ. Вот как он выиграл войну, так должен отстоять родину и сейчас. Это правда, как ни парадоксально звучит.

— Это кто ж тебя обижал? — спросил Никита. — Я, что ли? Или генерал?

Генерал, услышав о себе, сделал попытку очнуться, но снова клюнул носом.

— Ты что несешь? — тихо продолжал Никита. — Какая проволока? Какие баррикады? Все мои войну воевали, оба деда погибли, материн еще в Гражданскую отличиться успел, порубал махновцев. Ты про что вообще?

— У меня в семье пятерых убил Сталин, — тихо сказал я. — Мой отец научился ходить только в три года, потому что рос дистрофиком в детдоме. Ког-

27

да ему было три месяца, мать сдала его государству, а сама пошла гнить в лагерях за мужа. Власть отлично была устроена, все были при деле, все усердствовали: одни сажали других без подсказок, по разнарядке. В потомках же эта граница зарубцевалась, но шрам от этого стал только безобразней. Нынче кончилось главное: эпоха та, их, закончилась.

— Ты, парень, в себе? — сощурился Никита. — Ты что такое нам тут расписываешь? Что ты выдумал? Кровную месть проповедуешь? Всегда были холопы, всегда будут бояре. Были солдаты, будут и командиры. Какие проблемы?

— А что вы видели в стране со своей номенклатурной колокольни? — возразил я. — От Москвы до Владивостока — девять часов полета над пустой страной. Что вы знаете о ней? Вот знаете вы, что, например, в Красноярской области, на Енисее, где в прямом смысле живут потомки декабристов, слово «чекист» — проклятие?

— Господи, да что такое? — хлопнула ладонью по столу Вера. — Мил человек, ты перепутал, мы не чекисты, здесь не Лубянка.

— С одной стороны, безусловно, — вдруг поддержал меня Павел, — в обществе есть... Не раскол, но... расщепление, наследие XX века. Кто-то в ГУЛАГе сидел, а кто-то доносы писал, узников сажал и охранял. Жертвы и их потомки вообще оставляют в популяции меньшинство, палачи лучше выживают. Но нужно верить в народ. Он полвека назад выиграл страшную войну и сохранил за собой право на заслугу. Советские люди задавили антихриста. Такое не забывается. Небеса, провидение не забыли.

— Да, это точно, — кивнула, вдруг смягчившись, Вера. — Вот только почему-то всё равно история отчизны такова, что на трезвую голову человек ни ее, ни власть вынести не может. На пьяную — кланяется власти в ноги, прося на опохмел... Вот и вертится кто как может, ни на Бога, ни на черта не положишься...

— Разумеется, — сказал я, — всё это от нищеты духовной. Мы нищие, во все века нищие были, есть и будем. Простор, ландшафт — единственное, что имеется у русского человека в собственности...

— Запомни, — вдруг очнулся генерал, — на трезвую голову человек никакую власть не вынесет. Спроси у Горбачева.

Павел вздохнул и сказал:

— Земля — душа народа. Землю отняли у крестьян, а кто выжил, тех переселили в бетонные коробки корчиться от мук лишенья... Только земля способна одушевить русский народ.

— Что за тупое почвенничество... — сказала Вера.

— Это не мои устремления, это метафизическая катастрофа... — ответил Павел.

Во время спора Вера всё время смотрела на меня и даже обернулась, когда я встал размять ноги и приблизился к книжным полкам с цветными корешками «Библиотеки всемирной литературы». На полках стояли детские ее портреты, помню снимок, где юная красивая женщина гладила ослика, на котором сидела девочка в коротеньком платьице. Ослик стоял на гребне бархана, виднелись занесенные песком дувалы и руины минарета.

Потом мы пили на веранде чай, спускались к пруду, где Павел рискнул искупаться; качались на качелях, соревнуясь, кто выше взлетит в кроны, полные солнечной хвои и листьев, — ветка сосны пригибалась и протяжно скрипела. Потом мы с Верой играли в бадминтон воланом из бирюзовых — павлиньих перьев, подолгу ища его в малиннике; лакомились ягодами, ходили в оранжерею смотреть на орхидеи, а на обратном пути у пруда слышали храп генерала, и я думал над словами Веры, которая в оранжерее, объясняя, как выращиваются в подвешенных расщепленных чурочках орхидеи, сказала: «Лучшая земля для них – с кладбища. Мы берем ее в Исаково, у развалин церкви на погосте. Там могильные плиты замшелые, а земля как раз должна быть как вино – вековой выдержки».

Вечером проспавшийся генерал снова пил – теперь коньяк, а Вера спорила с Павлом о Ельцине. Она считала, что хоть он продукт той же системы и точно так же желает власти, как и ближайшее окружение Горбачева, но к нему может и должна пристать новая сила. Сильно захмелевший Паша вдруг снова стал повторять, что в обществе зреет раскол, который раньше был загнан в коллективное подсознание: на палачей и жертв, на потомков палачей и потомков жертв. «Это еще хуже, чем гражданская война», – говорил расчувствовавшийся от собственных речей Паша. А терявший то и дело нить разговора генерал кивал: «Правильно, правильно говоришь, сынок».

***

Я больше не вступал в спор; у меня пропало желание отстаивать свое мнение, не хотелось уже вступать в конфронтацию с Верой. Тем более вдруг показалось, что моя счастливая пред-отъездная печаль усиливалась, необъяснимым образом сходясь в тональности со странным очарованием этой семьи, составленным из трагического увядания и кристальной ясности девичьего голоса, молодой жизни и сломленной силы...

На веранду поднялся человек в форме, посмотрел из-за стекла на Никиту, который тут же вышел и скоро вернулся, уже одетым в военное. Он кивнул нам и нагнулся поцеловать жену, которая отстранилась и спросила строго:

– Когда вернешься?

– Кто ж меня знает? – пожал он плечами. – Еду в Энгельс. На полигоны. Балыка привезу...

– Знаю я твои полигоны, – грустно улыбнулась Вера и подставила щеку.

Капитан легко сбежал с крыльца и пропал за кустами.

Генерал разлепил веки и пробормотал, пьяно качая головой:

– Ушел гад? Правильно, что ушел. А то б я его... У-у! – генерал погрозил кулаком и пристукнул по столу. – Сынка мне судьба принесла. На, папа, ешь досыта. Если б не дочка, я б его в порошок. Да куда деваться, свой навоз с огорода не вынесешь...

– Папа, прошу тебя, – сказала Вера, и на глаза ее навернулись слезы.

Я помог ей отвести генерала наверх; и, пока мы шатались вместе с ним на ступенях, пока отрывали от перил и были поглощены бережной поддержкой его влажного грузного тела (я подумал мельком: как неподъемен будет его гроб), мы, сблизившись в одно мгновение, делая одно дело, на обратном пути, на лестнице, вдруг невзначай соприкоснулись руками, и я сжал ее пальцы и получил ответ: она не сразу высвободилась и с обреченной грустью вгляделась в мои глаза...

На обратном пути, хоть и было уже близко к полуночи, небо еще тлело.

– Какая странная семья, – сказал я. – Обреченная и в то же время вольная, полная какой-то лихости и прямоты... Немудрено – генеральское воспитание.

––––––

– Я тоже из семьи военного, но вот сижу сиднем и никаких бойцовых качеств, – отвечал Павел и вздохнул. – Эх, странно вспомнить, что когда-то я был влюблен в нее... Она еще недавно была нескладной неумехой, гадким утеночком, а теперь королева. Давно не был у них... А генерал? Ты видал, каков? Было время, когда я умирал от страха в его присутствии.

С тех пор мы зачастили в Султановку. Генерал рад был Павлу как собутыльнику, а я с замиранием сердца входил в область притяжения, излучаемого Верой. Мы оба от волнения много говорили. Она отвечала мне своим бархатистым грудным голосом и казалась необыкновенно рассудительной, взрослой; всё вызывало в ней восхищение – жесты, кожа, золотистый пушок на локте, млечная полоска начала груди и тихий свет, который лился под лифом, когда она наклонялась поправить ремешок сандалии... Словно только теперь – в ее словах и облике – мне открывался подлинный смысл существования. И эти дачные вечера, лежание в гамаке, и посиделки у шалаша, с костерком, в отсвете которого вдруг начинает азартно дрожать и пропадает поплавок, а генерала не добудиться... И детский восторг от игры в карты и в бадминтон, разглядывание созвездий в бинокль, летучий китайский фонарик, поднимающийся мерцающим светляком в ночное небо, гнилая коряга у того берега пруда, в потемках таинственно проступавшая чешуйчатым отсветом доисторического чудовища... То наполненное томлением и свободой лето навсегда озарило мою жизнь.

В то время как раз проявилось особенное обстоятельство, которое много лет спустя мне кажется важнейшим. В наших полудетских разговорах, опасениях и надеждах проступила – случайно или нет – сама суть, мистическая подоплека слома эпохи. 1991 год и вообще начало 1990-х предстало в истории не только политической катастрофой. Кардинальное преобразование всех духовных и материальных начал, разрушение и превращение жизненного уклада оказалось сопряжено с переменой русла в метафизических областях. Такой перелом – это еще и мистическая катастрофа. И если таковая в начале XX века сопрягалась с эзотерикой, с множественностью мистических течений в самых разных областях повседневности, то посреди пустыни, какой и стала тогда культура, мистика начала принимать неокультуренные инфернально-уродливые формы. Бесы заполонили каждый уголок, но некому было их пугаться всерьез, почти некому было с ними разговаривать по душам.

Мне всё же удалось вступить с ними, бесами, в осмысленные отношения. Произошло это исподволь и вопреки моей собственной воле; впрочем, всё серьезное в жизни происходит именно так.

В Султановке мы резались в преферанс и полюбили рассказывать страшные истории – как в детстве, когда часами вызывали на освещенной свечкой простыне дух Ленина и потом страшным голосом повествовали про черный-черный автобус, про то, что взрослые в лесу специально громко включают приемник и дети приходят на звук музыки, а взрослые берут их в плен и заставляют работать; про красный таз и красную руку, про радио и хищные зеленые глаза, про ожившую статую девушки с веслом, которым она убивала людей в парке, про бабушкино пианино, оказавшееся гробом, про девочку-воришку и черную руку... И нас невозможно было остановить – страшилок современного содержания хватало; генерал слушал нас вполуха, ухмылялся и постепенно сползал в сон, благо ему только нужно было откинуться на лежанку, устроенную под ивовой плетеной полостью, на которую была наброшена плащ-палатка. Мы распалялись от жутковатых россказней, которые объединяли нас общим переживанием; до сих пор для меня загадка, почему общий страх фантастического столь нуждается в общем участии? Вероятно, разделенный с кем-то страх чудится безопасней, и потому сознание разрешает воображению двигаться дальше и дальше.

В то лето мы никак не могли выбраться из клейковатого фольклорного мифа, поглотившего настоящее.

Еще на излете школьных лет стала сгущаться эта удушливая кутерьма. Мелковатые, озорные и кусачие, самые разные – те, что никак не смогли бы поднять Вию веки, и те, что способны были взвалить его себе на спину, – повылезали отовсюду и, пока не понимая, к чему бы им приложиться, слонялись без толку. Я помню точно, когда это началось. Это был важный момент в истории страны, и без осознания его вряд ли возможно подсту-

питься к пониманию той весело-мрачной круго-
верти, в которую засосало всё народонаселение.

Весной в девятом классе мы собирались на пе-
ременах у чердачного хода, чтобы послушать нашего одноклассника, сына прокурора. Он рассказывал
нам об успехах всесоюзной поисковой операции
«Лесополоса». Тогда была объявлена повсеместная
охота на знаменитого маньяка, масштабного нелю-
дя, который теперь стал историческим символом
советской зомби-империи. В этой операции «Лесополоса» комсомольские активисты, юноши и девушки, по всему Подмосковью изображали подсадных. Вооруженные пистолетами, они слонялись
в одиночку в лесопосадках близ железнодорожных
станций в надежде, что маньяк, погубивший уже
полсотни человек, выберет в жертвы кого-нибудь
из них. Комсомольцы ездили в электричках и показывали фоторобот преступника пассажирам. Некоторые в самом деле припоминали, что видели кого-
то похожего на какой-то станции. Поисковики
бросались по следу. Преследовались невинные люди. Одного расстреляли по ошибке.

— А вот еще был случай в «Лесополосе», — рассказывал сын прокурора. — Один комсомольский

секретарь из Одинцова крутил «солнышко» на спортплощадке в парке. Смотрит, рядом дядька стоит, мосластый, в очках на резинке от трусов, смотрит. Выпятился и смотрит. И тут вдруг страшно парню стало. Спрыгнул с турника, хотел кастетом дядьку завалить. Да куда там, даже руки не поднял, как свинцом налилась. Перепугался, в лес побежал. Маньяк за ним...

О, как мы слушали этот рассказ, не пропуская ни слова. И все, следившие за его губами, бежали вместе с ним через страшную, черную, хлещущую ветками по щекам лесополосу, через мокрое осеннее поле за ней – в будущее, в бесформенное, лишенное мысли, полное глинозема безнадеги и упругого ветра пространство страха.

Потом из показаний после ареста выяснилось, что один раз поисковики на какой-то платформе показали фоторобот самому неузнанному маньяку. Случай этот, я убежден и надеюсь найти в этом согласие читателя, стал эпиграфом ко всей эпохе: тогдашнее время не узнало само себя, обыденность не распознала в себе врага человеческого. Мнение это не очень-то полное и тем более не гибкое. Многие скажут, что бывало в те времена и весело, а я им отвечу такой не менее страшной притчей. Мало кто станет спорить, что те времена обладали карнавальным флером. Временный угар, мимолетная вольность, сегодня пан, а завтра пропал. Всё это прекрасно, но в Рио-де-Жанейро, в едва ли не главном карнавальном городе мира, есть проблема. Называется она «дети карнавала». «Дети карнавала» – это детские банды сирот, зачатых во время ежегодного баснословного празднества – в трущобах, на улицах, в адюльтере или в свальном грехе. Невыносимое социальное бремя – эти беспризорники, живущие на бесконечных пляжах, промышляющие воровством и грабежом. Сверхъестественная жестокость подростковых банд, столь же диких, как и стаи бездомных собак, близких к ним повадками и отсутствием членораздельной речи, их главных соперников на свалках, на пляжных полях, клинописно вытоптанных чайками. Мне рассказывала одна моя коллега по факультету, бразильянка, что преступные синдикаты, заправляющие целыми районами города, в которые полицейские не смеют даже заглядывать, – время от времени устраивают отстрел «детей карнавала». Оседлав открытые джипы, бандиты вылетают на пляжи и, поднимая тучи чаек, мчат, с лету расстреливая беспризорников, несущихся врассыпную прочь от своих стоянок. Так зло вынуждено самоограничивать самое себя. Не столько для того, чтобы положить себе предел, сколько из необъяснимого ужаса перед лицом инфернального потомства. Злу необходимо обладать человеческим лицом. Нагое зло себе отвратительно. «Дети карнавала» и есть нагота зла, которую зло скрывает.

Надеюсь, теперь читателю ясно, для чего я решил разобраться со своей историей. Мы, мое поколение, как раз и есть дети карнавала 1990-х, мы все — без вины виноватая нагота бездумья, зачавшего нас в ту пору посреди всеобщего — временами бесчинного, временами горького веселья. Нас пока никто не расстреливает на пляжах безвременья из мчащихся ошалело джипов. Но, я убежден, прежде чем это случится, ибо — повторюсь, злу не терпится обрядиться в человеческое обличье, — мы сами незамедлительно должны открыть охоту на самих себя, на тех, чьи души случайно или велением провидения были зачаты могучим переломом. Зачем? - обязаны спросить вы. А вы оглянитесь вокруг и прозрейте: будущее никак не наступит, вакуум вокруг таков, что настоящее не родится, вместо него нами дирижирует прошлое, под марш которого вышагивают мертвые дети идей, царивших в отчизне весь XX век.

Вечером 19 августа 2003 года я ехал по Бруклинскому мосту и с гневом думал: двенадцать лет прошло с того дня, когда я – двадцатилетний – стоял в толпе на Лубянской площади и, глядя на то, как подъемный кран снимает статую Дзержинского с постамента, держал в руке тонкий ятаган красного стекла – осколок вывески «Комитет Государственной Безопасности СССР», подобранный с крыльца самого страшного здания в стране... И ничего, ничего, ничего с тех пор не изменилось. Будущее не наступило, люди не стали прекрасней, добрей, умней, честней, милосердней, и великая русская культура, убитая советской культурой, так и не воскресла. Очнись, читатель! Неужто ты способен лелеять уютную слепоту так долго и всерьез не замечать, что окаянные дни, начавшиеся с отлучения Толстого, никак не закончатся, что всю российскую историю можно прочитать именно в разломе гражданского противостояния «народных типажей» и тех, кто их способен описать? Что нам пора бы уже завершить и 1905-й, и 1914-й, и 1917-й, и 1937-й, и 1953-й...

Что делать? Вот про это я и пишу: перво-наперво необходимо набраться ответственности за немыслимое – за провидение.

...В Султановке мы вновь переживали операцию «Лесополоса»; наши разговоры о страшном начинались с новостей, приносившихся Павлом. Шепотом он рассказывал о том, что узнавала его мать, работавшая секретарем на Петровке, 38, – столица тогда замерла от ужаса, а мы цепенели от только что услышанного... Каждый, кто прибывал в столицу из областных направлений, видел эти огромные буквы... Первыми вспыхнули выкрашенные суриком буквы МОСКВА – на въезде в город по Симферопольскому шоссе. На прошлой неделе в понедельник утром, когда дачники пересекали по шоссе поля, еще залитые туманной кисеей, они увидели в бледнеющем небе то, во что невозможно было поверить. С шестиметровых букв свисали висельники. Буква М была украшена двумя трупами. О, С, К, В содержали по одному покойнику, подвешенному за ноги с помощью верхолазной страховки. Буква А на скатах заключала седьмого и восьмого казненных. Следственные мероприятия завершились к полудню, и только после этого рассосалась пробка из зевак на кольцевой дороге.

Жуки кипели в березе, сумерки сгущались, полные сладкой жути, мы с Верой за спинами других соприкасались беспокойными кончиками пальцев. Павел рассказывал о странных убийствах, которые уже полгода происходили в Москве. Ниночка одергивала его, морщилась, но снова принималась слушать...

– Стопудово висельники МОСКВЫ связаны с этими убийствами, – пророчествовал Пашка. – Все они убиты выстрелом в висок и раздеты. Уже двадцать два трупа – от двадцати трех до тридцати пяти лет. По одному, по два их находят в выселенных домах в центре столицы. Трупы обнаруживают хиппующие музыканты и художники...

Необходимое пояснение: авангардная молодежь по привычке советского времени еще вела тогда подпольный образ жизни. Кочегарки, вахтерки, дворницкие были наполнены богемой. Богема самостийно вселялась в оставленные жителями дома на Пятницкой, Ордынке, Пречистенке, Цветном бульваре. Капремонт на этих коммунальных площадях назначили еще год назад, и жителей расселили в новые микрорайоны. Царящий бедлам заморозил реставрационные работы и на несколько лет передал центр столицы под самовольные молодежные поселения и притоны бездомных. В таких квартирах и стали находить раздетых догола молодых и не очень людей с дырками в висках.

Павел вдруг спадал на шепот, хотя никто посторонний нас не мог услышать: «Эти трупы – добровольные жертвы – проигравшие участники смертельного казино. Идет подпольная игра в "русскую рулетку". Ценой жизни можно выиграть огромные деньги...»

– А вы что хотели? – шипел Пашка. – Разве не чуете? Душный морок залил Москву. Жуть липкая в самом воздухе. Мы – великий народ, принесенный в жертву двухголовому антихристу. Сами себя и принесли, Россия и палач, и жертва, и мученица, мы – народ, разъятый на страдальцев и насильников. Тело народное изуродовано гражданским расколом. И шрам этот век еще не затянется...

Я помалкивал. Тогда меня мало интересовала история, потому что я знал: набегающую волну следует проныривать насквозь, чтобы не сломать себе шею. Хочешь жить – пригнись, распластайся.

– Мы вообще народ парадокса, – витийствовал горько Паша. – Народ великой науки благодаря заботе государства об оружии массового уничтожения. И мы – народ, отравленный трупным ядом. Мы вообще труп, не погребенный, валяющийся в канаве. Мы – труп убитого крестьянства. Мы – труп убитого пьянством пролетариата. В наших квартирах самая ценная вещь – дембельский фотоальбом. И в наших душах самый большой праздник – 9 Мая.

– А Новый год как же? – спросил я, но Паша продолжал:

– Мы – великий народ, по грудь в грязи выталкивавший на танковый рубеж сорокапятки. Мы устелили костями в три слоя поля под Ржевом и Синявинские высоты. И теперь мы по уши оказались в этом черном, как чернила, времени. Почему так случилось? Почему? Неужто потому только, что номенклатура захотела шикарней тусоваться?

– Павел, прекрати, – поморщилась Вера. – Посмотри, как весело кругом, какие наступили перемены, скоро воздух очистится и наступит будущее...

– Ничего не наступит, – мрачно отмахнулся Пашка. – Нам век каяться – не раскаяться. Вон Германия до сих пор после войны головой об стенку бьется, грехи замаливает, никак не замолит.

– Паша, – осторожно возразил я, только чтобы поддержать Веру. – Мир лишь таков, каким ты его видишь.

– Паша, ты проповедник крайности, – сказала Вера. – Гражданский раскол, распад, мертворожденное будущее... Если ты такой умный, скажи-ка, как быть лично мне? У моего мужа по материнской линии были репрессированы почти все. А по отцовской – поволжские немцы. Теперь они всей толпой переезжают в Германию. А у меня в роду – бывшие дворяне, которые вдруг стали красноармейцами и чекистами. А по другой линии – сплошь купцы и сапожники. Так с какой стороны баррикад я должна быть?..

Впоследствии, по мере таяния надежды на покаяние, я часто вспоминал слова Павла. Но права была и Вера: при всей обреченности что-то прекрасное, родственное сильному радостному бегству к освобождению, насыщало воздух. Любая свобода меняет терновый венец на «венчик из роз» и помещает его во главе карнавального шествия освобожденной плоти. В те времена что-то цветистое переливалось в воздухе, смешиваясь со сгустками тени, призраков, с музыкой разнузданности.

Повсюду открывались видеозалы. И в них смотрели не только «Ассу» и «Эммануэль». В нашем студгородке комсомольские корифеи и командиры стройотрядов тоже устраивали в красных уголках общежитий видеосалоны под такими названиями: «У Леопардыча», «Левант», «В брюхе Моби Дика». Заработанные средства позже стали основой нескольких знаменитых *IT*-корпораций. Платя за сеанс по рублю, все младшие курсы мы наверстывали репертуар Каннских фестивалей трех последних десятилетий: «Последнее танго в Париже», «Забриски-пойнт», «Профессия репортер»... Юный дикарь – Марлон Брандо, даже в постели не выпускавший из уголка рта сигарету, стал образцом для подражания... Но главное: мы повально смотрели фильмы ужасов. Фредди Крюгер стал нам ближе замдекана, а студенты на лекциях пересказывали на разный лад кинокартину: компания молодых людей в заброшенном доме порвана в клочья пробудившимися мумиями... И вот от того времени у меня – наравне со вздохом освобождения – все-таки осталось ощущение тревожной зыбкости – иррациональной нечистоты. Во многих вдруг вселилась одержимость. И вот эта вредоносная чужеродность, захватившая человеческое, оказалась важной для понимания того, что тогда происходило.

Вспоминается Игорь П. – хороший парень, из Протвино, честный, яростный, прямой, просто Павка Корчагин. Именно такие делают религии и революции. П. проходил иные университеты – в МИИГАИКе, но регулярно наведывался к нам – в общагу лучшего в МФТИ факультета общей и прикладной физики, в Долгопу, ибо был одноклассником одного из нас. Отслужив в стройбате, П. привез из казахстанских степей полкило пластического вещества, оказавшегося пыльцой конопли. Крепыш П. соскребал ее щепочкой с собственного абсолютно безволосого тела после забегов голышом по плантациям канабиса на берегу озера Зайсан. Зимой второго курса мы стали жертвами этого марафона П. под палящим степным солнцем.

В те времена не так уж и много имелось развлечений, помимо девушек, «Римских элегий», ревевших в ушах из плеера – укрепляющим дух голосом великого поэта, и замерзшей бутылки пива, купленной в неотапливаемом ларьке. Мы отогревали ее за пазухой и вытряхивали по глотку, поочередно, передавая от сердца к сердцу – в заиндевевшем тамбуре последней электрички, отъезжающей с Савеловского вокзала... Так вот, однажды, благодаря легкоатлетическому геройству П., случилось всерьез страшное: гвоздь во лбу, двадцатиградусный мороз и беспросветное гулянье по карьеру, заполненному сталагмитами Коцита – хрусталем прорвавшихся грунтовых вод. Здесь добывался гранит для облицовки Мавзолея, в дальнем районе Долгопрудного – Гранитном, – и мы прибыли сюда подивиться хтоническим силам рушившегося в те времена государственного строя. Мы просидели тогда на дне этой ямищи полночи – под осадой лающих шумерских духов, некогда поверженных самим Гильгамешем. Нынче они вдруг восстали из трещин в мерзлой земле и набросились на пришельцев. Они гавкали, рычали и показывали свой окровавленный оскал из-за бруствера, образованного кучей керамзита, ершистой арматурой и сотней тонн бетона.

И это не самая отвлеченная иллюстрация для описания того мрачного царства разносортной бесовщины, которое устанавливалось в те годы. Но тема эта недостойна абзаца, она заслуживает обширного и мужественного исследования, и я затронул ее только для того, чтобы стало ясно, что именно случилось с П. впоследствии. А с ним приключилась настоящая беда. Дело вот в чем. Есть люди, которые тянутся к чему-то высокому и потустороннему независимо от того – добро там где-то или зло. Главное для этого типа людей – мистическое хотение. П. оказался как раз из таких и пал жертвой «Белого братства», чьи апологеты, возглавляемые длинноволосой мессией, слонялись в белых одеждах осенью 1989 года по вестибюлям метро в центре города. Напрасно мы убеждали его в иррациональности мысли о конце света. П. попался на удочку царившего безумия и после сорокадневного поста был забран в реанимацию в состоянии критического истощения; затем пропал из виду на полтора года. Его возвращение тоже запомнилось: полоумная бледная тень опухшего от таблеток некогда атлетического крепыша заглянула к нам в комнату, полчаса мычала о чем-то и загадочно улыбалась...

Есть разница между эсхатологией как культурным явлением и реальным приготовлением к смерти мира. Это та же разница, непреодолимая, как между событием и его описанием. Одно дело – находиться внутри мифа и быть его частью, одной из сущностей мифологического пространства, другое дело – заниматься его изучением. Мы пытались выдернуть П. из мифа, и не получилось, вскоре он умер от запущенного менингита, который заработал во время еще какой-то духовной практики. Вероятно, это было к лучшему.

О, нам есть что вспомнить. Как забыть засилье тоталитарных сект и лысых язычников-кришнаитов в пестрых халатах, с барабанами и бубнами, проповедующих на Пушкинской площади и по общагам вегетарианство. Как забыть глухонемых карманников, в полночь на Краснопресненской набережной вышедших из дебаркадера-казино, чтобы похлопать меня по карманам и раствориться в воздухе вместе с моим лопатником...

Орфики

Но главное свойство тех времен в том, что тогда мы совершенно не были способны отличить происходящее в нашей голове от действительности, и наоборот. Вряд ли когда еще время так свободно и полно гуляло по человеческим жилам. Тем страшней... нет, не ломка, тотальный сепсис, вызванный потом заменившими время и смысл сточными водами.

— Вот такое наше подлое время, — брюзжал Павлик, на деле еще толком не отведав этого времени. — Проблема не в том, что рухнул подлый строй, выхолостивший генофонд. Черт бы с ним. Страшно, что рухнул человек...

— Павлик, уймись, — возражала Вера. — Перестрелки во времена золотой лихорадки неизбежны. Ты посмотри, что творилось в Калифорнии в середине XIX века. Стэнфорд — это тот магнат, который знаменитый университет учредил, — он тогда всего за год стал миллионером, и не без помощи оружия. Постепенно те, кто сейчас прибирает к рукам госсобственность, захотят вкладывать в будущие поколения. Это неизбежно, это естественное устройство человеческой натуры.

— Держи карман шире, — еще больше ершился Павел.

И я сначала был на его стороне, но немного погодя снова придерживался точки зрения Веры...

— Во времена Золотой лихорадки в Калифорнии, — продолжал Паша, — приток рабочей силы вызвал к жизни множество торговых и промышленных компаний, возникла инфраструктура — газеты, дороги, банки, биржи, казино... Экономический эффект от их создания был ощутимей, чем непосредственно от добычи золота. У нас же производительные силы становятся предметом присвоения, но не инструментом общественного благосостояния. Вот увидишь, история цивилизации еще не знала подобных примеров свободного рынка зла. Я еще про оружие не говорю. Как с ним разбираться будут, вообще не представляю. Но не это главное. Наше время выцыганивает, обворовывает, растлевает, соблазняет и одурманивает. И это бы ничего. Но самое страшное — среди его глаголов нет глагола «творить»...

Отчасти тогдашние бури времени казались нам нашими собственными гормональными штормами: юности свойственно сжатие времени — когда год жизни приравнивается к трем-четырем годам жизни зрелой. Мы были очарованы бодлеровской лошадью разложения, раскинувшейся посреди столицы. Запряженная мертвыми лошадьми родина неслась. На козлах и на облучке ею правили гоголевские бесы, пришедшие к власти, чтобы эту тройку разметать по огромной пустой стране, и мы неслись вместе с нею по полям и лесам, городам и весям.

Ни о каких слезах покаяния, только и способного хоть как-то отмыть русскую землю, не было и речи. Распущенная, полунагая отчизна, перешибленная обухом провидения, погруженная в шок, всё еще бодро шагала по своим просторам.

А я тем временем переставал отличать свое тело от тела Веры и меня всё более интересовали полонившие тогда город таинственные истории, которые отпечатывались в моей памяти... Они волновали меня, потому что подспудно было ясно, что рано или поздно мне придется принять участие в одной из них.

Из тех страшных россказней в Султановке меня особенно будоражила та история об одиноких трупах в заброшенных домах – история про смертельное подпольное казино. Мне никогда не были близки ни идея фатализма, ни смысл игры на предельных ставках; и то и другое казалось формой суицида, сдобренного рассуждением о провидении. В моем мировоззрении не возникало противоречий между свободой выбора и предопределением. Вероятно, это связано с естественно-научными занятиями, в которых детерминизм и произвол часто уживаются внутри одной изящной формулы. Тем не менее картина одинокого трупа в заброшенном доме не покидала мое воображение.

Видения мои, наверное, были вызваны хорошим знанием обстоятельств, в которых всё это могло происходить. В те времена я бывал в сквотах, пространство которых через пару лет будет занято колониальным капитальным ремонтом и хозяевами новой жизни. Пока же здесь царило богемное приволье. Я дружил в одном из авангардистских притонов с полусумасшедшим мингрелом — художником, в чьей палитре хватало галлюциногенов и который в своих коллажах использовал скальпы соек и мышиные черепа (серия «Уловленные в шекспировскую "Мышеловку" гамлетовские йорики»).

В этих многокомнатных лабиринтных коммуналках близ Цветного бульвара было что-то от моих детских убежищ – на пустырях, в трубных коллекторах и в клетях заброшенных голубятен. Желание детства обрести личное убежище для игр оказалось столь живучим, что уже вполне взрослые обалдуи обживали брошенный убогий быт, приносили из дома и общаг одеяла, ватные спальники и телогрейки, ремонтировали сантехнику, пользовались потрескавшейся чайной посудой, рваными дуршлагами и подвешивали к обваливавшимся засыпным потолочным перекрытиям маскировочную сетку...

Некогда экспроприированная и превращенная большевиками в ад коммунального быта, роскошная жилплощадь теперь должна была стать недвижимостью, одной из самых дорогих в мире. Но прежде – вместить декорации моих мрачных фантазий. Мысли об этой страшной рулетке засели в моей голове, как смертельные занозы. Я понимал, что влечение к смерти, мифология смерти обладает силой, которой невозможно сопротивляться. И единственный способ бороться с ней – не отвергать, а перенаправлять в русло, полезное для жизни... А пока я, погружаясь в морок сумрачных фантазий, представлял, как ночью в таких заброшенных квартирах организуются тайные ритуальные действа – с револьвером у виска и мрачными мужчинами в кожаных плащах; они сжимают в ладонях бокалы с водкой и ставят пачки замусоленных долларов на жизнь человека, раздетого до трусов и сидящего перед ними на стуле с зубастой обезьянкой-смертью на плече... Я не мог представить себе чувства этого человека в трусах, стоящего на пороге богатства или небытия, но я отлично знал, как там было потом одиноко его продырявленной голове; как крысы кусали его за уши и щеки, как тихий пыльный свет тек из окна над его остановившимися зрачками, а куски отсыревшей штукатурки там и здесь падали по несколько раз за день. Как дрожал от их ударов осенний сонный паук в серебряном куколе с крапом из мушиных шкурок. И до сих пор вот это предстояние перед выбором между пассивностью, бездельем, недеянием и участием в преступной, но в каком-то ненадежном смысле необходимой предприимчивости, – выражено для меня в образе этого полуголого бедолаги – неудачника, отважившегося на последний шаг в череде своих неумелых опытов в овладении судьбою.

Тогда, в Султановке, я устрашился своих видений и наконец произнес:

— Как все-таки неуютно вот так голышом перед чужими дядьками застрелиться, а потом быть вывешенным на МОСКВЕ, на всеобщее обозрение. Чего ради, Паша? Кому предназначено это сообщение — слово из мертвых повешенных за ноги тел? Они ведь висят, как те пляшущие человечки у Конан Дойла... Это же какой-то нездоровый человек придумал, что он хотел сказать?

— Он хотел сказать, что некая сила вновь овладела Москвой, страной вообще.

— А кто это — «он»? — спросила Вера.

— Да мало ли сволочей? — пожал плечами Павел.

— В том-то всё и дело, что это не просто сволочи, — задумался я. — Придумать такую игру — дорогого стоит. От этой рулетки веет подземельем...

— Моя мать рассказывала, — сказал Павел, — один генерал сделал секретный доклад в министерстве: в Москве сейчас невиданный всплеск убийств и самоубийств, и среди них бо́льшая часть беспочвенных. Такое ощущение, что вдруг началась война в каком-то подполье, о котором раньше никто

Александр Иличевский

не догадывался. Причем работают высокие профессионалы, часто не удается даже идентифицировать тип оружия. Совершено уже полтора десятка убийств неких неопознанных личностей с поддельными паспортами. Многие из них перенесли пластические операции. Чью-то резидентуру выкашивают, наверное.

– Что ж такое происходит, мальчики? – поежилась Вера. – Где дно?..

– А чему здесь удивляться? – возразил Пашка. – Спокон веку существуют азартные игры. И чем выше ставка, тем сильней азарт. Чем выше власть случая, тем острее выигрыш. Самая сильная игра, когда на кон жизнь ставится. Вы разве ничего не слышали о подпольных игровых клубах? Они всегда были, при любой власти. Азарт и похоть не задавить. Там такие деньги ходят, что на них всю Москву купить можно, не только три десятка ментов...

– Но откуда такая тяга к власти? – удивился я. – В чем смысл того, что ты владеешь своей или чужой жизнью?

– А я как-то сам догадался... – подумав, произнес Павел. – Люди, отравленные властью, они инопланетяне. Нам их не понять. Ничто в мире не способно сравниться по притягательности с силой. Люди, однажды вкусившие человеческую кровь, становятся вампирами. Хищники, попробовавшие легкую добычу – человечину, становятся людоедами. Люди, однажды вкусившие власти, скорее расстанутся с жизнью, чем с ней. Власть над людьми – самая сладкая отрава.

Тогда я не вполне понял слова Павла. Они показались мне загадочными, а может, дело было не в загадочности, а в трудности выражения. Но потом, лет через десять, когда власть в стране окончательно перейдет в руки теней – лишь частично вышедших на свет последователей иллюминатов, мне кое-что станет ясно.

Не тогда, а давным-давно началась беда: постепенно – с братоубийственных княжеских соперничеств, опричнины, разинщины, пугачевщины, реформ Петра, бироновщины, декабристских треволнений и мытарств, крепостничества, Японской войны и волнений 1905 года, Первой мировой, революций, Гражданской, коллективизации, голодомора, Большого террора, Великой Отечественной, борьбы с космополитизмом, врачами, генетиками, диссидентами... В результате родина окончательно превратилась из матери в мачеху и не просто низвела образ человека, но сделала всё возможное, чтобы сыновья ее перестали ее любить. А отсутствие любви к матери — одно из самых тяжких увечий, приводящее к тому, что любовь замещается ненавистью к себе, к другому, к ближнему. Тайная каста неизбежна в стране, не способной существовать без системы, воспроизводящей страх. Страх близок к смерти, лжи, небытию, и только из этих подпольных материй несуществования и может состоять покорность.

Отчетливо помню место и время, когда мне стало понятно, что материя низменности и лжи захватывает время. Это случилось, когда в Москве стали появляться странные, отчужденные лица, исполненные порока; сначала их можно было видеть на вокзалах, куда они хлынули со всей страны на гастроли. Потом они стали обосновываться близ общественных туалетов на бульварах, в сквере Грузинской площади, у памятника героям Плевны. Это были заговорщики, они молча, с каменными лицами стояли в закрытых сортирных кабинках. Я следил за ними и понял: это были те люди, что оставляли на стенах туалетов номера телефонов и странные надписи. Это же выражение скоро появилось на лицах чиновников, власть имущих вообще. Дальше порок распространялся по душам эпидемически.

О, этот таинственный туалет у стрелки Тверского бульвара, где когда-то стоял узкий Аптечный дом, по которому лупили во время Октябрьского переворота пулеметы от подножия памятника Пушкину и с Малой Никитской. Засевшие у Никитских ворот юнкера отстреливались сутки напролет, пули чмокали в стены и цокали по кровлям, — и вот с тех пор всё утекло: Аптечный дом снесли, поставили на его месте памятник Тимирязеву, в штаб юнкеров вселили «Кинотеатр повторного фильма», а в основании бульварной стрелки, куда распространялись аптечные складские подвалы, ведшие в норы подземной столицы, разместили общественную уборную. Я не знаю, откуда брались там эти люди — они мгновенно замолкали при моем появлении и далее перебрасывались условными жестами; при этом в кабинках, как сурки — стоймя, спиной к сливным бачкам торчали мужчины с непроницаемыми лицами; стояли, как часовые, стерегущие неизвестно что; я был всякий раз заворожен этой картиной – сфинкс в Гизе сущий пустяк по сравнению с шеренгой из трех-четырех мутных личностей, которых позже я стал замечать на бульварной скамейке напротив отхожего склепа. Мне эти люди казались вышедшими из подполья столицы, подобные неким самозарождающимся в мокроте и грязи существам, из того племени кровожадных сгустков теней, что населяют любые подземелья и развалины. Меня изводило любопытство; зловещее молчание и редкий всхлип, шорох и неясный звук какого-то страстного напряжения заставлял напрягаться мой скальп, и глаза мои засвечивались боковым зрением, в слепом пятне которого пылала шеренга одинаковых существ. Здесь, в отхожей этой мокроте, набиралась силы подпольная гниль, которая скоро вырвется и распространится по городу, выселит из него остатки честности, ума и добра. Скоро это самое выражение порочности перекочует от входа в клоаку и появится на лицах представителей власти всех видов и рангов: выражение равнодушия, отягощенного тайной постыдного сговора и низменного удовольствия. Как сказал однажды в дачном разговоре

Никита, муж Веры: «Такое время. Если не мы, то кто-то другой. Так уж лучше мы». И выражение лица его было таким, будто сказанное им сейчас было выстраданным, сокровенным.

Время это было царством понарошку, царством подстав, подсад и нехитрого обмана. Ценности стали декорациями, законы – «понятиями», честь – пустым местом, всё вокруг превратилось в огромную «пирамиду», торгующую будущим. И чем дальше, тем больше этот балаганно-карнавальный расцвет сопровождался многочисленными попытками театра везде и всюду: все кинулись ставить, устраивать, представлять, музыканты с инструментами и голые девушки в передниках маршировали с топотом по подмосткам... Однажды мы сидели с Верой, как всегда, обмирая от близости, на Гоголевском бульваре, как вдруг мимо нас потянулось костюмированное шествие – дамы с фижмами и фрачные юноши в цилиндрах. Поддувая в валторны бравурный марш, они выкрикивали: «Пойдемте с нами хоронить Цинцината! Мы приглашаем вас на похороны. Идемте хоронить Цинцината!» Мы нерешительно потянулись за ними, и скоро нас усадили в троллейбус, окна в котором были забраны фанерными щитами. Ближе к водительской кабине, закрытой глухой перегородкой, были устроены ступени, на которых расположились мы и еще несколько человек, увлеченных артистами с бульвара. Погас свет, и троллейбус куда-то двинулся. Скоро остановился, и в открывшуюся щель с улицы втолкнули заморенного мужичка в арестантской робе, который не знал, что ему перед нами изображать, скорчился и заплакал. Потом стал бойким шепотом рассказывать о своей жизни, как попал сюда – в застенок, как переживает его жена и какие прислала ему теплые вещи. И что он очень страдает от голода, потому что боится: мол, его отравят. Время от времени троллейбус останавливался для смены мизансцены. Врывались фрачные господа, изображавшие судейских работников, и требовали от зрителей составить суд присяжных, чтобы решить вину Цинцината. Заколдованные или одураченные этим лицедейством, в совершенных потемках мы проехали всё Бульварное кольцо и развернулись. Цинцината мы, зрители, ставшие присяжными, отчего-то признали виновным, хотя я голосовал за оправдание. Но когда потом спросил Веру, как решила она, Вера ответила мне: «Я подала записку – "Виновен". Так мне всё надоело там, что хотелось уже поскорее выйти». Представление перемежалось короткими остановками, во время которых тусклый свет, падавший сальным пятном на лицо заморенного Цинцината, смывался потоком из распахнутых дверей, и происходила смена мизансцен.

Наконец спектакль завершился. В последнем действии мне предложили стать палачом, я согласился, а потом помог уложить задушенного Цинцината в небольшой гроб. Мы выбрались на свет божий и вместе с валторнистами пошли за домовиной, которую согбенно понесли фрачные люди. Дамы, потряхивая фижмами, пританцовывали, сумерки сгущались, а на кладбище, густо заросшем липами и бузиной, было почти темно. Зажгли факелы, и при их свете гроб с актером, время от времени изнутри постукивавшим кулаком в крышку, опустили в могилу.

Все швырнули по горсти земли, и Вера прижалась ко мне, охваченная трепетом. Она увлекла меня прочь, и мы потерялись в лабиринте меж могил. Старое кладбище изобиловало темными мшистыми склепами. В один такой, под обломанным дуплистым деревом, над которым еще слабо светилось небо, мы и нырнули, обнаружив, что дверцы скреплены только наброшенной цепочкой. Там мы столкнули с надгробья банку с охапкой сухих цветов и, скользя и хрустя осколками под подошвами, жестоко расправились друг с другом. На нас и так не было живого места, но боль незаживших ушибов только еще сильней взвинчивала, и мы пуще приходили в неистовство, ударяясь о каменные стены, выламывая руки и впиваясь в губы, чтобы не закричать. После мы едва нашли выход с опустевшего кладбища, будто здесь никакого театра и не было; оглушенные приступом страсти, мы шатко шли между могил, мимо ангельских статуй и обелисков; а когда все-таки выбрались, то гадали, к какому метро нас сейчас прибьет; оказалось, к «Электрозаводской».

Нет никакого сомнения, что происшедшее с нами было припадком – приступом неведомой болезни, поразившей, видимо, только двух существ на планете. Мне и сейчас непонятно, что это было; ни до, ни после ничего подобного со мной не приключалось. И кажется, что всего этого и не было, что тело мое и душа подпали тогда под влияние жара, под морок бредового забытья... Порой мы старались держаться поодаль друг от друга, идя куда-то, и не оставаться в одной комнате, потому что стоило нам сблизиться, случайно соприкоснуться, как тут же, будто два магнита, мы попадали в зазор притяжения, из которого не удавалось выбраться. Нас тут же, как из ушата, заливал мед желания, и мы вязли в нем, подобно пчелам, тщетно перебирали лапками и наконец сдавались, шли ко дну, чтобы умереть и снова оказаться на мнимой свободе.

А вышло так, что с возвращением Ниночки Паша перестал меня сопровождать в походах в Султановку, и однажды Вера попросила меня помочь ей полить орхидеи в оранжерее. В теплице царили удушающая духота и аромат, от которого у меня подкашивались ноги. Цветы с хищными личиками росли в подгнивших чурочках, развешенных гирляндами на проволоках и расставленных в лотках, наполненных тучной землей. Приходилось поливать и лотки и чурочки, поднимая лейку на уровень груди. Но я не замечал усталости, потому что время от времени Вера схватывалась за ручку лейки и присоединялась к моему нырку в стеклянные, тропически задичавшие болотные дебри. Я слеп от того, как под ее майкой оживали крепкие груди, и, стараясь отстраниться, соображал: «Никак не пойму, почему мужчин влечет женская грудь, мне всегда ведь нравились гуттаперчевые, почти плоские женские фигурки...» Лейка сеяла струи широко, мы оба были мокрые, и вдруг я подвернул ногу на порожке, и вышло, будто мы только этого и ждали.

Предаваясь воспоминаниям, я каждый раз убеждался, что все те минуты, часы, сутки, что мы провели с Верой вместе, в точности повторяли вот эти несколько минут конвульсивного безумия, погруженного во влажную землю, задыхание, дурноту аромата; поваленные лотки, сорванные плети орхидей, раздавленные, оборванные, корчащиеся цветки, смешанные с землей, облепившей нас, комочки на губах, наждак и масло по коже, цветы словно ожили веревками и спутывали нас всё сильней. И всякий раз потом, когда мы вдыхали друг друга, происходило похожее на тот самый нырок в плотный куб сгущенного, как плоть, оранжерейного воздуха – в любом глубоком нырке самое страшное – после темнеющей влекущей бездны – путь обратно, когда нет никаких гарантий, что всплывешь и не дашь воли разорвать вдохом диафрагму – пустить в легкие жаберный смертельный глоток.

Мы обволакивались, обертывались своими телами, проникали в каждую клеточку, в каждое желание и движение души – будь то чувство голода, холода, грусти, раздражения, наслаждения; любые мысли, рефлексы, пищеварение, мурашки – всё досконально интересовало нас, во всем мы требовали от себя сопереживать. Мы обожествляли свои полудетские чувства, и я помню, в каком отчаянии мчался по рассветным улицам в дежурную аптеку за но-шпой.

Мы перестали различать, где мы и кто мы, и это было форменным умопомрачением. Тогда я впервые узнал, как разрушается личность: границы «я» размывались, подобно тому как река в половодье меняет свое русло. Этот первый урок забвения воли мне дорого обошелся.

Вера не могла допустить, чтобы мы занимались любовью в Султановке: «Дача – отцовское царство», – говорила она. В их московской квартире на

Ордынке жила многодетная семья брата ее матери, перебравшаяся из Белгорода. Вера панически стеснялась Павлушиной бабки, а в нашем институтском общежитии травили клопов, и от вони дезинфекции резало глаза. Мы либо ночью тайком пробирались в баньку, где даже пошевелиться нельзя было без скрипа, либо... Несколько раз мне удавалось с помощью знакомых завладеть ключами от свободных квартир и комнат, но всё это было жалкими подачками.

О, как я ревновал, когда возвращался ее муж Никита со своих полигонов. Смесь ужаса и уважительного повиновения корежила меня. Однажды, когда Вера в связи с приездом мужа снова запропала в Султановке, я не выдержал и, отмотав день напролет по Садовому и Бульварному кольцам (я метался по ним, как зверь вдоль прутьев клетки), — влетел на Савеловском в последнюю электричку. Заполночь я приблизился к освещенной веранде генеральской усадьбы. Балконная дверь была приоткрыта, и кое-что я различал и слышал – обрывки фраз, доносившиеся из-за дышащего сквозняком тюля... Вера сидела за столом. Никита перекладывал перед ней какие-то бумаги. Он убеждал ее в чем-то, она сжимала виски, мотала отрицательно головой, всматривалась снова и снова в бумаги.

«Дело решенное...» – услышал я голос Никиты. «Или мы в дамках, или я и твой батя в тюрьме, а ты на паперти. Хочешь – иди в монастырь, хочешь – на панель. Дачу отнимут, квартиру отнимут, имущество в конфискат. Военный прокурор – это тебе не гражданский, там контора ваньку не валяет».

«Я не могу...» – вскричала протяжно Вера и уронила голову на руки.

«Чего ты не можешь? Дай ему, он поймет и подмахнет... Мы играем вчистую...»

«Но почему, почему ты его в это втянул?»

«Я?! Да что ты говоришь... А кто первым намутил с мишенями? Пушкин? А кто потом уговорил меня всё взять на себя и зашлифовать, я шкурой рисковал, улаживал. А если б меня прищемили? Я б тогда загремел на всю катушку, а батю твоего и пальцем не тронули... А кто липовое СМУ ему устроил? Кто под вышкой год ходил, отмывал, планировал, нанимал мертвяков, отчетность кто по тресту в обход за три черных "Волги" проводил? Лермонтов?!»

Вера снова разрыдалась. Никита обнял ее, стал целовать, она отозвалась, подняла голову, губы их сомкнулись. Я укусил запястье, чтобы не вскрикнуть от боли, заметался по саду и ринулся было к окну, как вдруг наверху треснула и звякнула рассохшаяся рама и гулкий мокротный кашель генерала загрохотал надо мной.

Я ретировался и видел, как Никита всё так же стоит над Верой, и в груди моей заворочалось черное солнце.

На следующий день, кое-как забывшись на рассвете в своей баньке, я отправился в Султановку в полной решимости расквитаться с соперником. Мыслей у меня никаких не было, была одна боль – вместо разума и души. Я не был в силах ничего с собой поделать и шел в Султановку, чтобы встать перед лицом своей беды.

Но, не дойдя еще до дома, увидал в черном зерцале пруда белевшее тело – Вера проныривала матовой белизной, свечечкой проникая в едва потревоженную гладь покрытой рябью павшей листвы поверхности воды. Я не знаю, что произошло со мной, но во мгновение ока я кинулся в пруд, с яростью, которой бы мне хватило превратиться в касатку... Перепугав Веру, я вышвырнул ее на мелководье, в ил, и там, то и дело обжигаясь струей бьющего в том месте ключа, мы впились друг в друга. Мы были перемазаны взбаламученным илом, чумазые, мы хватали горстями иловую жижу и размазывали друг другу по щекам, что-то нашло на нас, и если бы не треск выстрелов, раздавшихся из окна генерала, вдруг решившего попалить по галкам и по воронам, усеявшим косматыми гнездами березы и будившим его до срока своим гамом, – неизвестно, чем бы всё это закончилось.

Вскоре после этого случая мне перепала от одного знакомого аспиранта комната в общежитии в конце Севастопольского проспекта, и там нам все-таки удалось нащупать друг в друге что-то человеческое. Надо сказать, что в то время мы постоянно хотели есть, голод, и физический и любовный, одолевал нас на двух фронтах... В тот день с утра мы были особенно голодны, но в магазинах по полкам давно уже было шаром покати, и удалось обзавестись только банкой лимонных долек и четвертушкой «Русской». Мармелад мы растянули на двое суток, а третьи питались только водкой. Спали мы ровно столько, чтобы снова и снова пробудиться от желания. Время от времени я переворачивал магнитофонную бобину, и запись Билли Холидея на Ньюпортском фестивале 1957 года сменялась *Porgy&Bess* в исполнении Армстронга и Фицджералд.

На четвертые сутки я понял сквозь туман, что дальше выжить не удастся. Мы едва сумели выбраться наружу и обняться в телефонной будке. Между поцелуями мы обзванивали знакомых с одной только целью: выяснить, можно ли к ним приехать сейчас и перекусить. Мы не церемонились и задавали этот вопрос прямо. Почти все отвечали, что еды нет. В Москве это было время карточек и табачных бунтов...

Наконец мы нашли благодетелей, моего однокурсника, у которого мать работала в Госплане и всё еще приносила номенклатурные пайки... К метро мы шли, поддерживая друг друга, как старик со старухой. Но голодный обморок нас посетил, к счастью, только в вагоне. Не помню точно, как мы добрались до «Кропоткинской». Вечером мы ехали в Султановку уже с приличным запасом: корзинкой яблок, пузырьком подсолнечного масла и пакетом сублимированного картофельного пюре, который достался нашим благодетелям из стратегических запасов одной из стран НАТО.

Что касается любви и мест для нее, то в этой области мы проявляли изобретательность. В выходные пустовали строительные площадки (прекрасное ложе – дюна песка, где попадались перламутровые «чертовы пальцы», или гора керамзита – тепло и звонко), а в центре города в те времена еще можно было свободно проникнуть почти в любое парадное (тогда кодовых замков и консьержек не было и в помине), взлететь на верхний этаж, кинуться на крышу или остаться на чердаке – хрустящий мелкий щебень, бельевые веревки, трехколесные детские велосипеды, мебельная рухлядь, венские стулья с прорванной соломкой, покоробившаяся занозистая фанера, – но если заперто, то подоконник или ступеньки превращались в поле битвы... Потом мы отряхивались, подсчитывали синяки и ссадины, с наслаждением гадая, где и как мы так умудрились покалечиться.

Время превратилось в короткое замыкание, искровую дугу, корону разряда, события раскалялись и сплетались в пламени мощного слепящего ствола света. Мы жили за пределами физических и тем более душевных сил. И, повторяю, нам всегда было голодно, и денег часто не хватало на метро, но с этим проблем не было – могли свободно настрелять пару жетонов.

Деньги были травмой того лета: Вера хотела спасти отца, возместив растрату. Мы всё время выдумывали способы обогащения, даже не догадываясь о размере растраченных средств. Нам было достаточно воображать, что судебное преследование прекратится после возмещения ущерба.

Вера сама рассказала, что в растрате виновен ее муж: генерал, ослабленный бегством жены и пагубной привычкой, ему доверял и просто подписывал то, что Никита ему подсовывал. Так что вина за растрату всерьез переносилась на Веру, избравшую Никиту. Она любила отца без памяти, а что касается Никиты, то здесь ее терпимость к нему мне казалась странной, но из боязни услышать правду я ее о муже не расспрашивал.

Мы вместе по-детски, но страстно мечтали о деньгах, и я каждое утро покупал в ларьке на Пушкинской площади газету «Из рук в руки», и мы садились в кафе на углу Страстного и Петровки – пить кофе с рогаликом. Мы просиживали здесь до полудня, пока я обводил подходящие предложения шариковой ручкой и ходил к телефонной будке, чтобы прозвониться и назначить свидание с потенциальным работодателем. После обеда мы отправлялись по адресам и успевали в три-четыре места. Обычно это были какие-то завуалированные дельным предложением приглашения к преступной деятельности: модельные агентства прикрывали публичные дома, которым требовались сутенеры со знанием иностранных языков; школы управления обучали впаривать гербалайф, экологические моющие средства на основе хозяйственного мыла или мифической мощности пылесосы, способные высосать из квартиры мебельных клещей; самые невинные предложения исходили от новоиспеченных страховых компаний, рекламных агентств и парочки фирм, поставлявших оборудование полного цикла для крематориев.

Сначала мы объехали несколько подмосковных кладбищ в Рязанском направлении (расстаться мы не могли ни на минуту), кладбищенского директора в Раменском мне удалось убедить в целесообразности открытия колумбария (экологичность, экономичность и простота против ритуала); дело дошло до поставок печей и лифтов, однако меня в конце концов надули с комиссионными.

Но прежде мы успели основательно покататься по Подмосковью. Маршруты у нас были самые разные: в сторону Дубны или Конобеева, в Тучково или Петушки. Мы выходили чуть не на каждой крупной станции и искали кладбище; иногда мы попадали в «окна» – и тогда слонялись по платформе, слушали, как березы высоко, протяжно шумят, шумят на полустанке, хотя по полям идут жа́ры, за рощей проглядывает в озере белая полоска неба, – и царит ветер верховой, да и не ветер, а переворот в слоях горячего воздуха; платформа пуста в оба долгих конца, и нет никакой Истории; горячие шпалы дышат креозотом; березы шумят, а над платформой и вокруг в полях летний покой, и вдаль по шпалам уходят рельсы, чуть дымящиеся маревом над блестящими своими искривленными полосами... В дороге, пока Вера дремала, прислонясь к дребезжащей вагонной раме, за которой бежали столбы, волны проводов, речушки, перелески, станционные поселки и промзоны, – я смотрел на свою возлюбленную и с новой силой погружался в решение важной задачи, которой в будущем суждено было стать первой ступенью в моей научной карьере. Я и помыслить тогда не мог, что осенью покину Веру.

Какое это было время – начало конца XX столетия? Как передать плоть его? Какими приметами? Только приметами и возможно выразить вкус времени, его цвет. Мне повезло, я мог его оценить не изнутри полотна, среди ложащихся друг на друга красочных мазков, лоскутов, соринок, – а со стороны. Позже, приезжая в первые годы из-за границы на летние каникулы навестить родителей, за месяц-полтора я был способен вникнуть. Сейчас я уже не способен различить последовательность своих приездов и краски времени отчасти смешались, но именно то, что я приезжал и уезжал, помогло мне запомнить детали эпохи, оставшиеся для местных жителей незамечаемой обыденностью... Никакие учебники истории не способны выразить запах времени, никакие умозаключения не способны передать прикосновение к тому, что исчезло в небытии. Это было время развалов с наскоро изданными книгами – Бахтин, Мандельштам, Бродский, Гурджиев, Рерих, Флоренский; время пустых прилавков и пирожков с лотков; торговых рядов у станций метро – с пластмассовыми тазами, вазочками, настольными лампами, старыми покрывалами и книжками; время купюр с большим числом нулей, пахнущих колодой старых игральных карт. Украинцы разъезжались с Киевского вокзала по рынкам, чтобы сторговать загорелые пласты копченого сала, трехлитровые банки с желтой утятиной, залитой жиром, и разносолами. Здесь же старухи с иконостасами сигаретных пачек, штабеля крабовых палочек на дощатых ящиках, горы пакетиков с майонезом, пирамиды банок с горошком, фасолью, кукурузой; десять долларов в кармане делали из человека миллионера посреди всей этой бедности. Время дискет и третьей версии *Windows*, книг напрокат и цветных гелевых авторучек, тетрадок и блокнотов с голливудскими актерами...

Мир неожиданно стал ярче. В нем появились секонд-хенды с потусторонней добротностью или даже роскошью. В сквере на «Пушкинской» повадились собираться беженцы-курды в немыслимых пестрых одеяниях. В домах отдыха благотворительные организации размещали беженцев из Афганистана, Сомали, Эфиопии, Анголы; подмосковные садовые проулки зарябили африканской расцветкой, шоколадные сомалийки выпасали приобретенных вскладчину коз, которых перед отъездом забивали на ленинском постаменте.

Это было время спичечных коробков, вдруг ставших стоить не копейку, а рубль, время вязаных капоров, нейлоновых лосин, вареной джинсовой ткани. Эпоха ФИДО и первых домашних компьютеров, бальзама «Спасатель», ролевых игр, чьи участники внедряли в обиход средневековую моду на рубища и кольчуги, посохи, луки, мечи, длинные волосы, стянутые ободком, платья с кружевами ручной работы и долгополые сюртуки, фенечки-плетенки, кожаные кошельки и сумки – обмундирование не то хоббитов, не то орков; носившие это курсировали автостопом по сети прибежищ и приютов – от Львова до Новосибирска, а то и вокруг света.

Эпоха гуманитарной помощи для молодых мам в виде бело-синих банок французского сухого молока, скороварящегося риса *Uncle Ben's* («Неизменно превосходный результат!»), турецкой жевательной резинки с ядовитым запахом и вкладышами, которыми дети обклеивали холодильники.

Времена повсеместных барахолок, организованных прямо на разломанном асфальте, залитом чавкающей грязью. Времена многомесячных задержек зарплаты, вызывавших панику у молодых семей с детьми, время ваучеров, крохотных клочков бумаги, на которые рассыпалась советская экономика, включая сталелитейные и машиностроительные комбинаты. Времена коммивояжеров с косметикой, галантереей и гербалайфом вразнос («Хочешь похудеть – спроси меня как!»), коробками которого были завалены квартиры разоряющихся коммерсантов. Эпоха кубинских «Лигерос» со сладкой тростниковой бумагой, любимых сигарет У.Х.Одена *L&M*, время «Честерфилда» и быстро истлевавшей «Магны», мороженого «Баскин Роббинс», черных джинсов-стретч, «Пепси» («Новое поколение выбирает "Пепси"»), «Херши-колы» («Вкус победы!»), миндального ликера в хрустальных бутылках, время батончиков «Марс» («Всё будет в шоколаде!»), шампуня *Wash&Go* и злачных кафе «Печора» и «Метелица» на Калининском проспекте. Время финансовых пирамид, кидальных акционерных обществ и фондов: «Я не халявщик, я партнер», «Куплю жене сапоги», «Ну вот я и в "Хопре"», «Купи себе немного ОЛБИ», «Московская недвижимость всегда в цене».

Время странных взглядов в метро – глаз, полных бесчувствия, будто все сразу превратились в эмигрантов, обретя пустоту вместо родины вокруг. Время голодных старух, торговавших искусственными цветами: «Вот розмарин...»; огромных сумок с товаром челночников в метро, в троллейбусах, автобусах, трамваях; торговых рядов вдоль фасадов пустых магазинов: постельное и нижнее белье; время первых поездок за границу: взрывы очарования, сильного чувства, что мир един. Время черных подъездов и темных улиц: лампочки воровали, а украшенные иллюминацией мосты понемногу гасли. Эпоха Митинского рынка радиотехники, фирмы «Партия» («Вне политики! Вне конкуренции!»), пейджеров, сотен лосиных рогов на багажных полках сибирских поездов, провинциальных прокуроров со сползшей на пузо кобурой, в пыжиковых шапках и дубленках поверх спортивного костюма *Adidas* – штаны заправлены в сапоги *Salamander*. Время питбулей, гремевших золотыми цепями на шее, желтой водки «Лимонная», очередей на морозе в молочную кухню за детским питанием, лотереи «Лотто-миллион», работники которой получали зарплату выигрышными билетами, первых в истории страны йогуртов: стаканчики от *Danone* не выбрасывали, а складывали в них пуговицы и мелочь. Время гигантских очередей в только что открывшийся «Макдоналдс», состоящих напополам из жителей столицы и Подмосковья, которые коробочки от гамбургеров потом тоже берегли месяцами, используя их как футляр для бутербродов. Эпоха тамагочи, кукол Барби и Кена, первых мобильников размером с лапоть, первых одноразовых шприцев, дешевой водки, заливаемой в бачок омывателя, карамельного бренди «Слънчев Бряг», спирта «Роял», от которого обметало слизистую, обеда из двух блюд, приготовленных из одного куриного окорочка, первых казино в пришвартованных к набережной Москвы-реки теплоходах, которыми владела мафия глухонемых; обилия искусственных шелков и люрекса на офисных дамах, талонов на свадебное убранство и на товары для новорожденных, очередей за детскими шубками... Эпоха фарцовщиков по имени Генрих или Герман, катающих барышень в Питер на «Красной стреле», ужинающих их в японском ресторане в Хаммеровском центре, танцующих их в съемной квартире, скажем, в пирамидальной высотке на площади Восстания, с черным унитазом и стенами, драпированными золотым атласом...

Время кружевного платочка в ледяном заснеженном песке в противопожарной канаве; время веток, бьющих по лицу в полной темноте: бег изо всех сил в сторону далекого гула шоссе; время грозы на Черном море, пахнущей водорослями и озоном; время полупустых поездов на Север и Восток; деревенских магазинов с водкой, солью и рулонами черной материи; лесовозов под Архангельском, мчавшихся по зимникам с глубокими колеями.

Время жаб, стонавших в сумерках близ Пестовского водохранилища; время рассвета на теплом пустынном шоссе. Эпоха первых «тетрапаков», восхитительного изобилия фруктовых соков, пограничников с овчарками в поезде «Москва – Киев», эпоха водки «Зверь» («Никакого похмелья!»), пива «Очаково» и «Трехгорное»; время залитых закатом льдов Гренландии, проплывающих в иллюминаторе; время аэробусов, полных упившимися вусмерть новыми директорами заводов;

эпоха детской каши, сваренной на пломбире; уличных грабежей и насилия (если в подворотне вырывают сумочку, надо отдать, иначе лезвие располосует печень); польских ликеров кислотных цветов, пиджаков с большими плечами, кожаных курток и леггинсов, химических фруктовых напитков «Зукко» и «Инвайт» («Просто добавь воды!»), взбитых и покрытых лаком женских челок, фиолетовых пуховиков, пластиковых пакетов вместо сумок, кофе «Пеле», Горбачева в рекламе *Pizza Hut* («Мы свободны и можем дойти до края этой пиццы...»); время милиционеров с резиновыми дубинками в электричках, запаха слезоточивого газа в тамбурах; ларьков, сваренных автогеном из перекроенных болгаркой ж/д контейнеров, китайского ширпотреба – дутых курток, одеял и свитеров, всё это складировалось в новых цехах крупных машиностроительных заводов; время расстрельных бизнесменов, чьи убийцы разъезжали на «девятках» с тонированными стеклами: ствол в окно, тело в решето, машина сожжена потом в переулках.

Эпоха рыночной экономики и права демоса, впервые возвысившего голос, чтобы снести глиняные нужники социализма; эпоха свободного выбора, переломившего уравниловку, эпоха пены, поднятой волной радикальных экономических изменений. Время одаренных людей, вставших у руля экономики и решившихся на непопулярные меры ради неотвратимости рыночных перемен, ради похорон тоталитаризма.

Это время, когда Бьорк жарит яичницу и поет о новорожденном сыне; время, когда в библиотеку нужно было приходить со своей лампочкой и выкручивать ее из настольной лампы, уходя; время огромных очередей в ломбарды, походов в лес за листьями малины и брусники вместо чая; горчичного порошка для мытья посуды, рябины на спирту, расселения коммуналок, выключенного отопления в рукописном отделе Пушкинского дома, очереди перед открытием библиотеки – за талончиками на ксерокс; толкучек там и здесь на Тверской; время антикварных аукционов, засилья чеченцев – они повсюду, красивые и наглые, вооруженные. Время чуть не ежедневно нарождающихся новых газет, журналов, радиостанций и телепрограмм: «Московские новости», «Огонек» («Из “Искры” возгорелось пламя, но “Огонек” не имеет к этому никакого отношения»), «Европа плюс», радио «101» («Господа! Ваши ананасы еще зреют, ваши рябчики еще летают, но ваше радио уже звучит!»), «Поле чудес» («...в стране дураков»). Время очередных митингов, разрастающихся продовольственных рынков, бартера по принципу «всё на всё», время поездок за курицей с одного конца города на другой; время пива *Guinness* и джина *Seagrams*, хлынувших из Китая поделок из нефрита; время тридцати долларов за билет в Гвинею и обратно, с посадками на Мальте и в Дакаре; время кассет с песнями Генсбура и Биркин; книжек Кастанеды в лукошках шастающей по лесам в поисках галлюциногенных грибов молодежи; время пустой Москвы, из конца в конец пересекаемой в любое время суток за сорок минут.

К вечеру мы принимались судорожно соображать, где будем ночевать; у нас, конечно, имелись аварийные варианты – моя банька, пристанционный пруд у платформы Шереметьевская, на берегу которого можно было уединиться в зарослях черемухи под оглушительными соловьями. Но иногда нам перепадали комнаты в студгородке, кастелянная с высоченной стопкой матрасов или – хуже –

скрипучая панцирная кровать и полоумные соседи, ночь напролет резавшиеся в покер и выходившие в коридор покурить и погорланить.

Такое бывает только в юности, когда привычка в любви кажется страшнее смерти: я не мог оторваться от Веры, которая тоже, мне казалось, не находила в себе сил расстаться хоть на минуту; но у нее были свои наваждения, и она следовала им – просто потому, что они вносили хоть какой-то рациональный смысл в наш мир, поглощенный любовным сумраком, отравленный пряным ароматом, с дрожащей в нем ослепительной дугой, пробивавшейся через наши сплавленные тела. Именно так – совмещением пророческой слепоты с нестерпимым светом – создавалось ощущение прозрачной темени, прозрачных дебрей ночи, которыми мы были поглощены.

Физически нам едва удавалось держаться на поверхности, ибо любовное истощение усугублялось существованием впроголодь. Еще прошлогодние планы Веры выручить деньги от продажи орхидей не увенчались хоть каким-нибудь успехом: на цветочный рынок обрушились голландские тюльпаны; да и в битве с абхазскими и сочинскими мимозами и гвоздиками изысканные орхидеи были разбиты. Вера училась в университете на историческом факультете, подрабатывала в «Пламени» машинисткой да еще взялась перепечатывать постановления и стенограммы в Конституционной комиссии в Доме правительства. Время от времени я провожал ее на работу по Страстному или по Пресне, а потом поджидал на бульваре или в парке позади Белого дома. Я мрачно ревновал ее к правозащитникам из «Пламени» – ко всем этим бородатым и очкастым диссидентам, пожиравшим ее глазами и старавшимся напоить водкой под гитарные речитативы Галича и рассказы о том, как их сутками допрашивали чекисты, нацелив в переносье пятисотваттную пыточную лампу.

«Пламя» было разбросано по городу, по разным явочным квартирам, и иногда мне приходилось объезжать их все, выуживая Веру. Помню одну, в ампирной «сталинке» со светлым паркетом, залитым солнцем, где меня удивляло, что никто не разувался, протискиваясь между башен и стен из бумаг и книг. Хозяин этой квартиры был не то историком, не то филологом и по совместительству – правозащитным главарем, содержал в своем жилье что-то вроде штаба. Другая квартира принадлежала кучеряво-бородатому мужичку, философу, который особенно клеился к Вере.

Все такие полуобщественные квартиры выглядели одинаково: обшарпанные и облупленные стены, в ванной мыло с вдавленной пивной пробкой, подвешенное на магните, повсюду табуреты, на них стаканы, жестянки из-под кофейных банок с крышками, приспособленные под пепельницы. Бородачи-диссиденты не считали меня за человека, не удостаивали словом: не то из привычной настороженности к новому кадру как к возможному стукачу, не то из обычного презрения к юнцу, с чьей привлекательностью им было не тягаться, зато ума палата и опыта короб дозволяли не ставить его ни во что. В конце концов мне надоело беситься под ставшего ненавистным Галича и, поскрипывая зубами, я курил на щербатой бульварной скамейке, стараясь снова углубиться в черновики, в которых понемногу разворачивала свое царство конформная теория поля.

Когда Вера приходила на бульвар навеселе, алкогольный дух от ее губ приводил меня в бешенство, и я готов был разорвать ее, а окна «Пламени» забросать бутылками с мочой. Вот только не знал, как их припасти: в те времена средняя продолжительность жизни бутылки, оставленной в кустах или на бордюре, была по сути отрицательной; отряды сборщиков пустой тары барражировали по городу, устраивая стычки при дележе территории: стоило только присесть с бутылкой пива на скамейку, как тут же рядом появлялась тень или две — бойцов стеклянного фронта, поджидавших, пока ты допьешь или даже оставишь им глоток, это называлось «с допивкой». Мы припадали друг другу и отправлялись то на Савеловский, то в какие-нибудь гости на другой конец города, или рисковали забраться в глушь Филевского парка или Нескучного сада, где на парапетах набережных и скамейках коротали ночи, страшась милиции и хулиганов. Как-то раз мы нашли спокойное и укромное место — аллею под забором Кунцевской дачи Сталина; здесь отсвет от фонарей на шоссе и густые кроны лип создавали бархатистую уютность, однако в холодные ночи проку от нее было мало.

Наконец, я уговорил Веру выписать в Султановку ее тетю — присмотреть за генералом, передал свою должность по крематорному коммивояжерству Павлу, строго наказал ему не халтурить, а сам занял в нашем институтском спелеологическом клубе палатку и купил билеты до Симферополя.

Поселились мы над заброшенной каменоломней близ Гурзуфа и в первую же ночь попали под ливневый шторм, едва не смывший нас со склона.

Крым окружил нас раем. По утрам мы брассом вспарывали линзу штиля, завтракали помидорами с хлебом и загорали день напролет, время от времени остужаясь нырком в каменистый провал, где я тщетно охотился с острогой на луфаря, а Вера собирала мидий, чтобы сварить их на костре к обеду. Но скоро походная жизнь ее утомила, и мы сняли в поселке крытый шифером сарайчик с небольшой увитой виноградом верандой и газовой плитой на ней.

Хозяевами этой будки были золотозубый Тагир и молчаливая Танзиля, потомки сосланных в Среднюю Азию в 1944 году крымских татар, недавно прибывшие в Крым по программе возвращения. Тагир ходил с биноклем по берегу, высматривая в скалистых бухточках таких, как мы, — купавшихся голышом, и привозил из Керчи осетрину и катранов, так что мы отъедались, закусывая рыбу фруктами.

У Тагира во дворе, слепленном из оштукатуренных и крытых шифером «саклей», в этом пестром прибежище отдыхающих жили также и питерские коммерсанты – Игорь и Дима, любовная парочка. Усеянные татуировками с изображениями птеродактиля, черепахи, Че и Фиделя, они пили водку, ссорились, мирились, прилюдно целовались и отчего-то привечали нас – подмигивали, дарили половинки арбузов и угощали шашлыком.

Здесь же жила еще одна забавная парочка: молодой подполковник МУРа и его невеста, тициановская хохлушка Ира, с нежной, едва ли не прозрачной кожей. Полнокровная и белокожая, она мучительно поднималась по крутым улочкам Гурзуфа, закутанная от солнца с ног до головы в индийское сари. Подполковника звали Лешей, лет он был примерно тридцати с небольшим, выглядел сорвиголовой. Пружинистый, с гимнастической фигурой, азартно поглощенный своим медовым месяцем, однажды он созвал тагировских жильцов праздновать его день рождения и смотреть фильм со своим участием. Оказалось, на видеокассете запечатлен десяток операций по задержанию: с вламыванием в «малины», криками, битьем, подсечками, выкручиванием рук и т.д., где главной звездой был наш герой. Бодрый монтаж и хихикающий дятел *Woodpecker* в качестве саундтрека сопровождали боевитые клипы. Игорь и Дима посмотрели это кино с восхищением, бурно зааплодировали, а затем пригласили всех в бильярдную неподалеку отмечать премьеру.

Я отправился с ними, мы крепко выпили и, как водится, завели душевные разговоры. Скоро заведение закрылось, бильярдные столы накрыли чехлами, и мы спустились на пляж, где откупорили еще бутылку мадеры. Но прежде выкупались и покачались на волнах, бегущих от горизонта, заваленного звездами; черная медвежья масса Аю-Дага, казавшаяся ночью вполнеба, нависала над бухтой. Хмель слетел, и мадера пришлась кстати. Речь сначала зашла о звездах, о том, насколько космосу безразлична жизнь на Земле.

– Эх, красота какая: Млечный Путь льется через небо, – сказал Дмитрий. – Когда помру, хочу, чтобы душа туда полетела – в другие галактики, поглядеть, как звезды устроены...

– Ничего интересного, – произнес я, устраиваясь поудобней на лежаке, кладя под голову руки. – Звезды устроены проще микроба.

———

– Да ну?.. Гонишь! Тогда просто посмотреть... Красиво же в телескоп!

– Заливаешь! – тоже не поверил Лешка. – Проще микроба? Не верю. Не то что микроб, даже человек – объект хрупкий. Башку свернуть голыми руками – раз плюнуть. А если в звезду зашвырнуть водородную бомбу, даже все бомбы, какие есть на планете – она и не заметит.

– Живое всегда сложнее мертвого.

– Это уж точно, – отозвался Игорь.

– Почему же? – Лешка разлил еще мадеры и продолжал: – Человек проще стиральной машины. У него всего ничего управляющих кнопок: власть и эти, как его... низменные желания.

– Ты просто имеешь дело с определенным контингентом, – сказал я. – В твоей работе только такие личности попадаются. Это всё равно как, не покидая Африки, быть уверенным, что вся Европа – Сахара.

– Брось, – сказал Лешка, – всё проще. Убийца, на самом деле, средний человек. Я их перевидал знаешь сколько? Самый мрачный маньяк – тихоня. Сидит такой мужичок-душегуб на скамье подсудимых – и с виду не отличишь от слесаря-сантехника или конторского служащего. Люди вообще звери, страшней человека – нету. Это я тебе говорю. Не обольщайся. Ты пороху еще не нюхал. Есть такие парни, которых даже на том свете бояться надо.

– Золотые слова, – кивнул Игорь. – У нас в Питере года два как появился один немец – художник и скульптор. Гансом звать. Ну, Ганс и Ганс. Немчура и немчура. А он, прикинь, из мертвых... мумии делает!

– Не мумии, а парафином под давлением пропитывает, – уточнил Дима. – Они после этого твердые становятся. И как живые.

– Это еще зачем? – удивился Лешка.

– Он потом этих мертвяков на выставках показывает. Приехал в Россию, чтобы по моргам искать бесхозные неопознанные трупы. И потом из них то Дон Кихота с Санчой Пансой на соломенных ишаках изобразит, то короля Артура в латах из жестянок... А наша братва повадилась пацанов к нему возить. Он снимает с них слепки и делает пластиковые копии на арматуре – не отличить!

– Зачем?!

– Вместо памятника. Мода такая. Ганс из павших бойцов памятники творит. Стоя́т, как живые.

Братва им только букетики цветов в руках раз в неделю меняет.

— Где это... стоят? — насторожился я.

— На кладбище, не дома же. Стоят над своими могилами, он их как-то на постаменте крепит.

— Слыхал, слыхал я про вашего Ганса, — отозвался Лешка. — В Питере всегда братва с фантазией имелась. Город мастеров, что делать.

— Вот те крест... У нас Сосо так поставили. И Горячего поставили, я сам видел, чуть с копыт не слетел.

— «Тишина... И мертвые с косами стоят...» — сказал Леша. — Но даже если так, то я пострашней случа́и знаю.

— Это какие? — отозвался я.

Леша помолчал, потягивая мадеру, и со значением спросил:

— Про игру в «рулетку» слыхал?

— Нет, — соврал я, прислушиваясь к шелесту волн в гальке.

— В «русскую рулетку».

— Это в которую белогвардейцы в Севастополе играли перед тем, как в Турцию на пароходе отчалить?

———

– Не знаю, как в Севастополе, но в Москве сейчас по-крупному играют. Подпольное казино. У нас там двух подсадных, агентов то есть, грохнули. Самая высокая крыша у этих игроков.

– А как играют? – спросил Дмитрий.

– Пока не выяснили. Вроде делают ставки на выжившего. Но там странная баба замешана. Предсказательница. Средних лет, на левой руке трех пальцев нету, ногу приволакивает. Стоит укрытая с головы до ног, под занавесью, и выкликает будущее. Как выкрикнет, после этого игрок нажимает себе в голову курок...

– Извращенцы, – выдохнул Игорь.

– Жуть, не то слово, – сказал Лешка и почему-то перешел на шепот. – Я слыхал еще, что эту бабу... предсказательницу – пуля не берет. Моя-то пуля серебряная, возьмет. Но то, что такое болтают, – это настораживает. За мою практику еще ни разу ничего подобного не встречалось.

– Как не стыдно, – я возмутился. – Взрослые люди, а в чушь всякую верите.

– А предсказание-то тут при чем? – спросил Игорь.

— Не знаю, — разлил еще мадеры Лешка. — Не выяснили еще.

— А я слыхал, — сказал Дмитрий, вытряхивая камешек из сандалии, — что это вроде как человеческое жертвоприношение. Будто будущее требует такой величины приношения. Как бы объяснить. В древности жертвовали Молоху. Всего было семь ступеней: курица, козленок, овца, теленок, корова, бык и человек. Язычники приносили к жертвеннику первенцев и приводили скотину. Кто говорит, что младенцев сжигали заживо. Кто говорит, что только проносили через огонь. В залог того, что ребенок останется живым и невредимым и умножит семя родителя...

— Ладно тебе трепаться, — сказал Игорь. — Вот даешь. Нет, ну как это — ребенка родного и в огонь?

Все замолкли на время, соображая.

— Ну, ладно, — сказал Лешка. — Давайте на посошок и по койкам.

— Мрачная история, — вздохнул Игорь. — Хотите, я веселую расскажу? Представьте, у меня дед в концлагере охранникам голыми руками головы отрывал. Выжил чудом — узники подняли восстание, когда поняли, что всех их сейчас отправят в газовые камеры. И дотянули до прихода американцев. Дед до сих пор по праздникам обедает из лагерной алюминиевой миски. Чтобы не забывать. Тарелок не признает, только в гостях.

– Это тут при чем? Какая связь? – раздраженно буркнул Дмитрий.

– А при том, что дед говорит, будто Россия превратилась в концлагерь. Как советская власть рухнула, все тут же поделились на охранников и заключенных. Такая самоорганизация.

– Можно подумать, раньше было по-другому, – возразил Дмитрий. – И погоди, власть еще не рухнула.

– Рухнула, – мрачно сказал Лешка. – Это я тебе как представитель ее говорю: нет власти. Теперь, если не получаешь удовольствия от того, что кого-нибудь мучаешь, обворовываешь или обманываешь, – не выплыть.

– Дерьмо всегда плавало, – заметил Игорь.

– Кстати, пошли еще занырнем, – сказал Дмитрий.

Но купаться не пошли, а выпили на посошок.

———

— А что, правда, тот немец мумии из трупов делает? — спросил я.

— Вот те крест, — перекрестился Дмитрий. — Я ж говорю, получается, как в паноптикуме. Будто живые, только страшные до смерти.

— Мертвяков бояться не надо, — ухмыльнулся Лешка. — Не то что живых. Мертвые — кореша безобидные.

— Ну, не скажи, — возразил Дмитрий. — Я пацанам не поверил, пошел сам на кладбище. Смотрю, Сохатый в плаще над своей могилой стоит... И глаз его блестит, стеклянный... Тут я как заору, ствол достал, с места сойти не могу. Думал, лопну от крика, пока не всадил в него пулю.

— Серебряную?

— Уж какая была.

— И что?

— Ничего. Испортил Сохатому костюмчик, потом пришел, заштопал.

— Заливаешь, — сказал Игорь. — Ты и нитку-то в иголку не просунешь.

— Зато я сейчас кое-кому кое-куда кое-что просуну, если не заткнешься.

— И что — вот так они и стоят: зимой и летом одним цветом? — спросил я.

– Зимой куртку на плечи набрасывают. Летом – в рубашке. Правда, говорят, этой зимой бичи куртку стырили...

– Мародеры, – вздохнул Лешка. – Ничего святого.

– Им нужнее. Такое время... – вздохнул Игорь. – Барачное время.

– Мрак... – поежился Лешка и выругался. – Бесовщина отовсюду прет. Никогда раньше такого не было. Каннибалы. Маньяки. Половина мужского населения страны в бандитов обратилась. Кругом одни оборотни. Что с Россией творится – никто не знает. В народе слух всегда был, что перед войной Россия в образе нищенки ходит по земле и хлебушка просит. А кто не дает – у того вся семья в войну погибнет. Говорят, теперь тоже ее, нищенку, видели...

Лешка закурил, и, когда он поднес зажигалку к лицу, мы увидали его ожесточенное, суровое выражение.

– Взрослый ты мужик, Леш, – сказал Игорь, – бандитов ловишь, а в такие истории веришь.

– А почему не верить? – возразил Лешка. – Я же не в летающие тарелки верю... Я в добро верю. И в зло.

Я решил поддержать Лешу и сказал:

– А я в детстве верил в злую и добрую Бабу-ягу.

– Это как? – удивился Дмитрий.

– Мне мать всегда рассказывала одну сказку, в которой дети терялись в лесу и попадали в плен к злой Бабе-яге. А их потом спасала добрая старуха, которая тоже почему-то была Бабой-ягой.

– Вот это уж точно ерунда, – сказал Игорь.

– А я слышал, – произнес Леша, – что икона Владимирской Божией Матери этой зимой вдруг потемнела дочерна. А Владимирская – она и есть хранительница России.

– Разве не «Святая Троица» Рублева? – спросил Дмитрий.

– Нет, мне батюшка один сказал, что Владимирская.

– Ну да, – сказал Игорь, – вот она, полярность России: Троица и Тройка. Рублев и Гоголь. То молимся и каемся, то несемся и воруем. Кто-то из великих сказал: для русского человека Бог либо есть, либо Его нету; просвещенной середины от русского не добиться...

Тут пришла Вера и забрала меня домой. А мы уже тянули военные песни; начали с «Дня Победы», продолжили «Полем вдоль берега крутого...» и «Мне кажется порою, что солдаты...».

В Гурзуфе мы регулярно ходили на телеграф звонить в Султановку, чтобы послушать реляции тети Клавы о самочувствии генерала, и однажды она сказала, что вроде всё ничего, но генералу прошлой ночью являлись толпы грабителей, так что он до утра перепрятывал по всему дому свои награды. И еще Вере звонили из «Пламени» и интересовались, когда она приедет.

Так завершилась поездка в Крым. Когда примчались в Султановку, обнаружили генерала стоящим на стуле у открытого окна. Он тоненькой струйкой из-под потолка на вытянутой руке сливал спирт из бутылки в таз на полу.

– Избавляюсь от ацетоновой фракции! – запальчиво пояснил генерал.

Я заметил, как спиртовые пары, струясь маревом, относятся сквозняком в открытое окно... Через несколько часов мы встречали на станции нарколога, прибывшего с капельницей спасать Василия Семеновича.

И всё было бы терпимо, если бы Вера не была сильней меня. Она владела мной безраздельно, ибо сила ее была в величине ее собственного наслаждения. Я же не понимал, с чем соотнести свои чувства, ощущения, мне не с чем было сопоставить свой потайной и отчасти постыдный опыт. Ни в одной книжке – ни у Мопассана, ни у де Сада, ни в одном фильме – Бертоллуччи, Антониони, Висконти – не объяснялось то, что происходило с нами. Лишь в «Смерти в Венеции», где под музыку Малера мужчина умирает от любви к мальчику, я находил слабый меланхоличный отклик своему любовному трубному реву.

Так постепенно неразрывная алмазная ниточка страсти, которой вышиты все любовные мотивы трагедии, накинутая петлей на аорту, привела по ту сторону жизни, в наделы «свечных полей асфоделий», где человек не отличает мертвых от живых. И я вдруг осознал, с кем на самом деле имею дело: не с юной особой, не со студенткой исторического факультета университета, генеральской дочкой и капитанской женой, а с неким бездонным женственным божеством, способным вырвать мои глаза и вставить их в свои пустые глазницы, чтобы обозреть мой мир – преподнесенный ему, божеству, чтобы вглядеться в распластанное на дымящемся тучном жертвеннике окровавленное тело...

Вероятно, с ее – с его, божества, – высоты наслаждения я вряд ли был хорошо различим. Мы не
могли расстаться ни на минуту, и в то же время
нам недоставало общения. Мы быстро поняли,
что разговоры о любви и будущем – занятие пустое, и стали писать друг другу письма. Пока ехали
в электричке, или я ждал Веру на бульваре, на полях своих черновиков, где царила алгебра Мигуэля
Анхела Вирасоро, я сочинял к ней письмо. В свою
очередь, Вера возвращалась из Белого дома или
«Пламени» и протягивала мне сложенный листок,
на котором без знаков препинания пунктирными
строчками шла машинописная безделица, ничего
серьезного, но мне нравилось встретить в ней слово «милый».

Вскоре после Крыма Вера уехала к мужу на поволжские полигоны. На второй день мне показалось, что я спятил. Мое воображение рисовало
ужасные картины, в которых действовала Вера,
и невозможно было избавиться от этой навязчи-
вости. Я не стерпел и пошел к Павлу, совсем не
надеясь исповедаться, а только чтобы не остава́ть-
ся одному под деспотизмом воображения. А получилось так, что я все-таки исповедался другу

и выложил всё как есть – как только увидал, что он один коротает вечер. Ниночка легла в больницу, будучи на третьем месяце беременности, чтобы сделать все анализы. На столе, засыпанном рыбьей чешуёй, стояли батарея пустых пивных бутылок и закопченный чайник: молодой муж кутил по-холостяцки.

– Не морочь себе голову, – сказал Павел, выслушав мой сбивчивый рассказ о том, как я страдаю по Вере. – Не ты первый, не ты последний. Время лечит. Любая страсть за год превращается в пепел. И ты будешь вспоминать нынешнее время, как сон.

– Не верю... Понимаешь, я никогда не испытывал ничего подобного. Это болезнь. Желание раздавило меня. Я теперь живу так, будто всё время вижу себя со стороны. Будто кто-то вынул меня из оболочки и не вернул обратно. И вот этот зазор между душой и телом мучителен... Вера ужасная, мне всё время чудится о ней нехорошее. Она уехала, и у меня было время осознать, что со мной произошло необратимое. Зачем она отправилась к мужу? Что значит телеграмма: «ПРИЕЗЖАЙ ВСЁ ГОТОВО»? Она отвечала мне, что поездка требуется для отца, что Никита что-то придумал, он что-то изобрел для защиты тестя, и теперь требуется ее участие, так как они договаривались о том, что она навестит его и привезет оттуда спасительные документы... Но всё это меня не успокаивает, я измучился, мне чудится, что случится страшное...

– Брось. Чего ж ты хотел, в конце концов, сходясь с замужней?

– Ты думаешь, она его всё равно любит, да?

– А куда ей деваться? Брак – штука подневольная.

– А ты думаешь, меня она не любит?

– Любит, не любит. От женщин никогда правды не добьешься. Судить надо не по словам и намерениям, а по поступкам. Она говорила тебе, что любит тебя?

– Говорила. Только я ей всё равно не верю.

– Правильно, что не веришь. А говорила она, что ей никогда раньше так не было хорошо, как с тобой?

– В том-то и дело, что нет. Но она так страстна, так неистова, что... – я поморщился от боли. – Мне кажется, оттого она и не замечает меня. Ее темперамент выше моего, я кажусь себе ребенком рядом с ней... Не знаю еще, какими словами выразить.

Понимаешь, порой мне чудится, что у нас нет будущего. Что для нее я мало значу.

– Брось, старик. Тебе надо развеяться. Любовный пыл – самое незначительное из всех серьезных переживаний. Поехали лучше к бате, прокатимся в Жеребцы. Давно я у него не был. Вот прямо сейчас. Пивком затаримся и айда в поезд, а?

Отец Пашки – полковник ВВС в отставке – жил в подмосковной деревне близ Звездного городка. Добродушный мужик строил по кирпичику дом на уничтоженную реформами пенсию, держал коз и пасеку. Был помешан на пчелах и, будучи совершенно безвредным, единственное сильное чувство испытывал по отношению к матери Павла, с которой развелся лет десять назад. Надо сказать, Любовь Васильевна не питала к бывшему мужу сочувствия, называя его в разговоре с Павлом – «пасечником». «Поедешь к своему пасечнику, передай ему на словах, что я гараж продать решила. Пусть будет в пятницу с утра, он нужен для оформления у нотариуса, и пусть не опаздывает».

Мы застали Николая Ивановича возвращающимся с козами из леса. Обычно у старой смотровой вышки он привязывал их к четырём опорам на длиннющих поводках из киперной ленты, какой я в детстве шнуровал коньки. А сам заваливался с монографией Карла фон Фриша, открывшего язык пчёл, – под куст бузины, где и засыпал. Хмурый после дневного сна Николай Иванович, влекомый козами, как телега лебедем, раком и щукой, обрадовался, завидев нас сидящими на жерди у сеновала.

– Здорово, академики! – Он звал нас шутливо: «академики» или «спецы». – Чур, только об сено бычки не тушить. Хорошо, что до заката поспели – сейчас будем медогонку испытывать.

Специалист по испытанию навигационной авионики во всём ценил научно-технический подход. Коз он доил в сарае с помощью релейно-механического устройства, напоминавшего «испанский сапог» инквизиции. Он надевал на вымя вонючий войлочный чулок, похожий на перчатку с обрезанными пальцами, и наставлял трубчатого осьминога, пощёлкивающего электромагнитами, под действием которых в трубках бежало рывками и пенилось синеватое молоко. Удой шёл в основном на продажу и на сыр, вместе с хлебом и мёдом составлявший для Николая Ивановича основное блюдо – на завтрак, обед и ужин.

После дойки мы отправились качать мед. Выключив самодельную центрифугу, куда до того тщательно установил рамки с гречишными губками сот, и победно стоя перед сияющим чаном медогонки, в котором замедлял свой бег мед, Николай Иванович затеребил бородку и ударился в поэтическое изложение причин своей страсти.

– Вот вы, спецы, смеетесь надо мной, а я всё равно убежден, что пчелы дело великое.

– Да никто не смеется, батя, – мотнул головой Павел.

– Смеетесь, смеетесь... А ведь еще в мифах пчелы обожествлялись, помещаясь древними на ангельский уровень. Хотя ангелов в мифах нету, но пчелы – их библейский прообраз.

– Это еще откуда? Какая связь? – Павел повертел раскрытой ладонью перед собой.

– Как откуда? Откуда же еще ангелам взяться, как не из царства древнейших прямокрылых? Сорок миллионов лет им, только вдумайся! Пчелы – символ плодородия: они опыляют – оплодотворяют цветы и взамен творящей этой функции взимают мед. Чтобы произвести килограмм меда, пчела должна облететь сто пятьдесят миллионов цветов. Мед, значит, есть сгущенное пространство, квинтэссенция лугов, полей, лесов, ландшафта. В капле меда природы больше, чем на фотоснимке. В мифах есть история про то, как у кого-то во рту во сне дикие пчелы устроили улей, а когда тот проснулся, то стал великим поэтом. Уста его стали медоточивыми. И мертвые пчелы Персефоны у Мандельштама – знаете такого, академики? – из того же поэтического царства меда.

Мы с Павлом переглянулись.

– Но самый странный миф о пчелах, – продолжал полковник, – о том, как Ариадна, утратив возлюбленного, погибшего в бою, собирает капли его еще не свернувшейся крови и разносит по лугу, окропляя ею цветы. А потом идет на край леса и находит там пчелиное гнездо, у которого время от времени является ей призрак ее возлюбленного, с которым она коротает любовное время до полуночи, утешаясь его не призрачными ласками. Получается так, что пчелы как будто синтезировали человека. И неудивительно. Что вы, коты ученые, скажете на то, что состав меда по микроэлементам на девяносто девять процентов совпадает с составом крови человека?

— Ага, батя, обезьяна от человека тоже на один процент по составу генома отличается. А разница какая, да?

— Я ему про Фому, он мне про Ерему. Я ему про химию, он меня микробиологией кроет. Слушай сюда, академия. Роберт Морган еще в конце прошлого века открыл, что египтяне для мумифицирования использовали два основных вещества: мед и нефть.

— Остроумно, ничего не скажешь, — хмыкнул я.

— А вот то-то и оно. Если мышь пролезает в улей, пчелы ее убивают, а трупик, чтобы не разлагался, мумифицируют прополисом. Еще пример. Ирод Великий, когда вырезал всю династию хасмонеев, оставил в живых ровно одного ее представителя — свою возлюбленную юную жену. Он страстно любил ее — как никого на свете. Но девушка не выдержала позора и кинулась с высоты, сломала себе позвоночник. Ирод велел поместить ее мертвое тело в ванну с медом, откуда потом, горюя, доставал полюбоваться.

– Папа, хватит сказки рассказывать, лучше налей нам твоей облепиховки распробовать, – Павел умоляюще посмотрел на отца.

Николай Иванович выключил медогонку и двинулся с нами к навесу, где стоял обеденный стол, накрытый старыми, невесть откуда взятыми цирковыми афишами. А я всё стоял и смотрел, как гаснет движение маховика в меде, струящемся, как переворачивающаяся под плугом пашня. Я представлял, как погружаю нагую Веру в мед и она там застывает до конца времен – обездвиженная, обезоруженная, вся моя, каждой клеточкой своего тела. «Да, что-то есть в том, что мед – поэтическая метафизическая субстанция. Язык способен удержать объект воспевания – в стихотворении, как в янтаре...»

Закусывали мы наливку ломтями сыра, который вызревал в алюминиевых армейских мисках, отчего его головки приобретали форму летающей тарелки. Рядом с навесом разбита была клумба, на которой полковник выращивал чахлые пахучие розы; их бледный аромат доносился сквозь клубящийся дым самосада, раскуренного Николаем Ивановичем в трубке, вырезанной из кукурузного початка.

«И все-таки я счастлив, – подумал я, услышав запах розы. – И все-таки счастлив!..»

Веру я встречал на Чкаловском военном аэродроме почти весь день напролет. Самолеты военного министерства, перевозившие семьи военных на льготных условиях, летали по приблизительному расписанию, и точного времени прибытия никто не знал.

Пока ждал, бродил и загорал на летном поле, познакомился с авиационным техником, который среди прочей ерунды рассказал, что позавчера на аэродром приходили мужики из соседней деревни. С тридцатых годов утечки авиационного топлива образовали подземное озеро, которое стало дрейфовать и теперь перебралось за лес, отчего колодцы в деревне стали сладковато пованивать керосином. Болтовня техника помогла мне отвлечься от переживаний.

Вера сошла с трапа, глядя себе под ноги. Мне показалось, она не сразу меня узнала, но через мгновение будто что-то сообразила и, как чужая, чмокнула меня в щеку: «Привет. Как ты?» Я чуть не разревелся, но сдержался и смог продохнуть только, когда в автобусе, едущем в сторону Монино, она прикрыла невидящие глаза и положила мне голову на плечо. Я боялся шелохнуться, сжимал потные ладони и чуял, как подло и больно становится в паху, скованном джинсами.

Скоро Вера снова ко мне привыкла, но какая-то ядовитая червоточина стала пробираться через мое сердце. Она снова засела за авральную работу в Конституционной комиссии, почти поселилась в Белом доме, где даже ночевала на диване. В эти ночи я не находил себе покоя, грелся с бомжами у костерка в сквере за Горбатым мостом и порой, забывшись на скамейке, сквозь сон слышал стук своих собственных зубов.

Наконец, предвидя самое страшное, что могло случиться, я решил приготовиться к смертельной осаде с помощью подручных средств. Я привез от Пашкиного отца две трехлитровые банки меда и несколько дней запасался лещиной, еще молочной, но не менее полезной для молодого организма. В лесах как раз пошли грибы – первая волна белых и подосиновиков, так что мне удалось и подзаработать: корзинка, для пущего дохода разбитая на кучки по три-четыре гриба, давала прибыль размером с хорошистскую стипендию, минус билет на электричку и метро.

Сосед по торговому ряду на Ваганьковском рынке, высушенный мужичок-хитрован, продавал сомнительные опята, которые называл «березовыми» и «лечебными». Звали его Ионой, и рассказал он, что вся Калужская область нынче по лисички пошла. «Вычищает голодное крестьянство лес от желтых этих сморчков, которые и по вкусу-то на грибы не похожи. Однако их не жарят, а центнерами сдают на приемные пункты. Французы-фармацевты как прознали, что в лесах у нас этого рыжья полно, так сразу сюда и пожаловали. Лисички грибы целебные – из них лягушатники экстракт делают и добавляют в снадобье от сердца».

Скоро нас с Ионой погнали с Ваганьковского рынка, ибо молодежь стала нарасхват раскупать его березовые поганки. Возьмут пакетик и тут же в сторонке его схрумкают. Дня четыре всего мы простояли, как подходит к нам амбал из тех, что рынок пасли, особенно цветочную его часть, кладбищенскую, и говорит: «Исчезните, грибники». Я ему: «Распродам и пойду». Тогда он ударил меня по лицу – прямо искры из переносицы. И все мои звонкие подосиновички на асфальт смел. А Иона успел на себя корзинку принять и невредимым остался.

Так мы с ним переехали к подземному переходу на Солянке. Людное, бойкое место. Но не наваристей рынка. Торговали потихоньку. С утра в лес, к десяти уже товар раскладываем. Но внезапно грибы сошли. Поехал я тогда домой и взял из родительской библиотеки книжку писателя Солоухина. В ней автор после рассказов о природе приводил таблицу разграфленного по железнодорожным направлениям Подмосковья и указывал, где и в какой период лета-осени можно рассчитывать на успех в грибной охоте. С этой книжицей я и принялся прочесывать леса в стокилометровых окрестностях от столицы. Лесная охота стала моей работой. У меня уже не было сил дожидаться Веры у Белого дома. Путешествия меня успокаивали. Сопряженные с азартом поиска, они выматывали, и к концу дня у меня уже не было сил ревновать ее к фантомам. Ночи у нас выдавались горячие, и к ним я тоже готовился в лесах, поедая горстями незрелые орехи и запивая их медом, баночку которого всегда брал с собою в качестве сухого пайка.

———

Наконец я разуверился в прибыльности благородных грибов и ударился в промысел лисичек. Сначала в Калуге на вокзале нашел пункт сбора. Управляющим там оказался в самом деле француз – усатый, пахнущий табаком и одеколоном весельчак. Он неспешно и точно взвешивал грибы и вежливо отсчитывал деньги. Две ночи я провел в Калуге, днем летая по областным лесам в поисках золотых крупинок под ногами. Красота вокруг стояла неписаная – луга, всхолмия, перелески, чудесная мелодия пейзажа, тонкая и отдаленная, как русская дорожная песня, полная прошлой жизни и печали... Но при пристальном вглядывании становилось ясно, что вся Калуга переехала в лес. В лесу лисичек оказалось меньше грибников, выбиравшихся на хлопотливую охоту целыми семьями.

Тогда я вернулся к Солоухину, снова погрузился в радиальные разбеги по подмосковному раздолью, пересекая все три округа ПВО столицы, то и дело в лесах, особенно под Степанщином у Рязанского шоссе, натыкаясь на колючую проволоку военных частей. У Солоухина об этом сказано не было, но народная молва говорила, что самые грибные места в запретках. Главное – уметь подлезть под запитанными электричеством оградами и походить с той стороны, пока не нарвешься на часового, и тут тоже требовалось искусство уцелеть – ибо подстрелят, а нет – так передадут особистам на предмет шпионажа и диверсии.

Будто пчелу на патоку, меня влекло на эти запретки; как зачарованный я обходил встречавшиеся в лесу холмики с бетонированными створками, о которых ничего лучше вообразить не мог, кроме того, что это трамплины подземных взлетных полос. Они, как правило, располагались на краю лугов, подозрительно ровных и просторных, насчет которых в детстве мы твердо были уверены, что перед нами замаскированные аэродромы. В случае войны они могут быть задействованы как партизанские, десантные базы развертывания боевых действий. Пару раз я нарывался на патрули у бетонок; после проверки документов меня выпроваживали в обитаемые зоны, но и таких забегов мне хватало, чтобы поднабрать десяток-другой бархатистых шляпников. И вроде всё уже шло по накатанной, какой-никакой заработок я имел, на мед с орехами и Веру прокормить хватало и кое-что на черный день удавалось отложить. Я мечтал к зиме

Александр Иличевский

снять комнату в центре города, как вдруг всё в одночасье пошатнулось.

Поехал я в то утро проведать любимое свое место – сосновый бор под деревней Хорошово, от Коломны верст семь, не больше. Я любил те места за живописность. Как нагуляюсь по лесу, иду на реку. Из-за пригорка открывается задумчивый простор, река Москва вдали полноводно идет в разлив и впадает в Оку. На том берегу над понтонным мостом, по которому, грохоча железными листами настила, прокатываются телеги, автомобили, мотоциклы, взгляду открывается деревня Черкизово. Так хорошо лежать под обрушенной церковью красного кирпича в трескучей от кузнечиков, нагретой солнцем, пахучей траве, глядя, как внизу облака не спешат проплывать по речной глади, как рыбы там и здесь выплескивают круги, сносимые дальше по течению... В действующей черкизовской церкви в полутьме горят свечи, тускло озарены иконные лики. Я не решаюсь зайти в церковь, но всякий раз робко подхожу вплотную к стеклянным створкам, чтобы вглядеться в таинственный сумрак. Я боюсь мертвецов и не могу забыть, как однажды застал в этой церкви отпевание; гроб стоял на табуретках, остро торчал подбородок не то старика, не то старухи, с белой лентой на лбу... Я боюсь столкнуться с гробом и сейчас, но всматриваюсь – не покажется ли под сводами в восковом чаду плоскодонка Харона.

После я снова иду в лес и стараюсь забраться повыше от реки, ибо Солоухин учит, что вблизи речных берегов, изобилующих грунтовыми водами, грибницы не укореняются. В то утро я спрятал велосипед как обычно – на обочине шоссе, и с лукошком отправился на охоту. Часа через два, так и не набрав положенный десяток, я выбрался к дороге и пошел по обочинной канаве в поисках велосипеда.

В лесу меня и раньше посещали беспричинные припадки страха. Началось это еще в детстве – я обожал пропасть в чащобе на весь день, заблудиться, слиться с лесом, выйти куда-нибудь далеко-далеко от поселка и потом гадать по местности, где я. Я не боялся этих приступов, потому что знал об одушевленности леса, понимал: лес просто хочет меня предостеречь от чего-то, просит поскорей уйти из этого места, для моего же блага. Первый раз это случилось, когда в траве я увидал свежие капельки чьей-то крови. Видимо, раненое животное, прикушенное хищником – уж не знаю кем – волком, лисой, брело здесь недавно. В мгновение ока тогда я вскинулся, и помчался, и бежал, будто подпаленный, пока не сбил с себя пламя страха и не упал, задыхаясь, на землю...

Но в тот день за Черкизово случилось такое, что не имело отношения к лесу. Сначала вдруг разом замолкли птицы, и в тишине тревожно я прислушался к себе: куда бежать? Но ушами ничего не услышал, зато погодя услыхал нутром: звук начинался из моего живота и отдавался в подошвах ног, листва на деревьях задрожала, и показалось мне, что теперь и трава дрожит, и земля дробко приплясывает. И только спустя минуту, или больше, я услыхал грохот и лязг, он становился всё оглушительней, я кинулся на обочину и увидал, как стремительно и огромно, вздымая черные столбы дыма, идут по шоссе танки: гусеницы настилались на асфальт, и верхняя их часть бешено бежала, обгоняя корпус, подгоняя и расшвыривая выломанные кусочки асфальта. Первой мыслью было: «Война!» Второй: «Надо ли возвращаться? Не лучше ли остаться в лесу и сразу выйти на связь с партизанами?..» Допустить, что это не вражеские танки, я не мог. Я лежал в траве на обочине, скрытый зарослями бузины, всем телом ощущая дрожь земли, и было в этой дрожи что-то приятное и жутковатое мышцам моим и плоти – щекотка, заставлявшая вжиматься в дерн еще сильнее.

Я отыскал велосипед и, не чуя под собой ног, подкатил к станции Хорошово. В электричку влезть не удалось – она вся была забита десантниками, и пришлось мчаться по платформе к первому вагону, выделенному для штатских, благо машинист придержал отправление.

Выйдя из вагона электрички на Казанском, позвонил Вере на работу. Пока она шла к телефону, я слышал, как в трубке грохотали пишущие машинки. Вера сказала, что останется в Белом доме.

Весь день я прошагал по Москве. Над ней царили солнце и покой; лица людей были серьезны, но не тревожны... Вечером следующего дня я стоял у Белого дома в оцеплении, в сквере на костерке варил ополченцам грибной кулеш и принимал у сердобольных женщин из Медведково промасленные пакеты с пирожками. Два бродячих пса кормились у нашего бивуака. Первый день у Белого дома прошел даже весело. Там и здесь занимались самодеятельные концерты, хрипели подражатели Высоцкому, завывали любители Цоя, слышался смех, и все охвачены были всеобщим оживлением. Казалось, посреди Москвы был устроен туристический слет, и само по себе привольное питье пива и щекочущее нервы ощущение самостийности, так необходимое мужчине и влекущее его в леса, поля и горы, очаровывало.

В моей компании у хлипкой баррикады из проволоки, дорожных знаков, покрышек, урн кроме студентов чем-то заняты были три мужика лет сорока, к которым присоединились еще двое, очевидно, старые их приятели. Работяги, с короткими толстыми пальцами, едва ли способными держать карандаш, зато бесчувственными к ударам молотка, — они вполголоса переговаривались о своем, и, пока мы, молодежь, горланили и болтали, они упорно обходили окрестные пресненские дворы и тащили кто что нашел: ржавый лист, оторванный от гаража, обрывок водосточной трубы, снятые с оси карусели, балки качелей.

На второй день не то от недосыпа, не то ввиду осознанности всей серьезности противостояния мы приуныли.

– Ну, братцы-кролики, чего скисли? – спросил нас широкоплечий мужик, будто сошедший с картин Дейнеки, со светлыми водянистыми глазами. – Хватит пиво сосать, марш на Рочдельскую, там во дворе разоренная голубятня, будет чем поживиться.

Мы нашли эту голубятню, разломали и, все в пуху, перьях и сухом помете, перетащили каркас и железные листы к баррикаде. Никонов – так звали бригадира – ужинал с товарищами. На ящиках, облепленных черными ромбиками с оранжевыми буквами *"Marocco"*, они резали краковскую колбасу, разламывали ржаные лепешки и разливали из мятой солдатской фляжки спирт. В тот день я научился этой русской премудрости: выдыхать, набирать в рот огненную жидкость, глотать и ощущать, как внутри распускается роза свободы.

К вечеру я затосковал и хотел уйти, заметив, что ряды студентов поредели. Я позвонил Пашке на дачу и позвал его приехать на Пресню. Он прогнусавил: «Мать с Нинкой не пускают. Сижу под домашним арестом. Если бежать, то вместе с Нинкой. А она не хочет. Вот, сейчас говорит (я услышал вопль Ниночки), что ты кретин и чтоб ты валил оттуда подобру-поздорову».

Я повесил трубку и посмотрел на круглую башню входа в метро. Из нее выходили молодые люди, с сумками, с теплыми куртками в руках, в брезентовых походных штормовках. Здоровенный рыжий парень еле тащил к Белому дому огромный рюкзак с надписью белой краской по трафарету: «ТУРКЛУБ ВОДНИК». Я вошел в вестибюль и, постояв некоторое время в раздумье перед турникетами, решил прорываться в Белый дом к Вере. Возвращаясь, я видел, как вместе с сумерками над площадью и набережной сгущается толпа. Я ускорил шаг, поняв, что пробраться сейчас будет трудно. Кое-как протиснулся вверх к парадному входу, отвечая всем, что ищу сестру, которая работает машинисткой в Конституционной комиссии. Но у главного входа стояли часовые с автоматами и оттесняли от дверей всех, кто к ним приближался. Я остановился, соображая, что же предпринять. Решил давить на жалость. И тут меня схватил за руку какой-то человек. Это был красивый высокий парень с нервно-яростным лицом, выпаливший:

– Ста... ста... становись де... де... десятым!

– Куда?

– В от... от... от... де... де... деление мое.

– Какое отделение?

– М... мм... мое. Я на... на... набираю. Ага.

Парень заикался. Я встал в строй, точней – примкнул к группе парней, надеясь потом как-нибудь проскочить внутрь Белого дома.

Не успели мы перезнакомиться, как нам принесли ломы и велели выковыривать плитку и складировать ее в штабеля. Но скоро пришел человек с военной выправкой и сказал:

– Когда совсем стемнеет, мы ждем десанта. Высаживаться будут с вертолетов. Запомните главное: кто хочет жить, не должен сопротивляться. Все жить хотят?

Мы мрачно промолчали.

Мимо нас автоматчики провели музыканта Ростроповича, несшего футляр с виолончелью. Потом политика Явлинского. Потом режиссера Михалкова. Каждый раз мы переставали долбить панель и, сжимая саднящими ладонями потеплевшие от работы ломы, смотрели вслед знаменитостям.

Наконец, плитка закончилась, и стало неудобно ходить по парапету: то споткнешься, то подвернешь ногу. Пришел тот же человек, который выдавал нам ломы, и раздал по пачке рафинада и по противогазу.

Я обрадовался. У нас дома уже две недели не было сахару.

– Есть добровольцы разносить противогазы?

– Есть, – я сделал шаг вперед.

Так я попал внутрь Белого дома. Там мне сразу нашлось поручение. Я разносил противогазы и снова шел к складу, чтобы набрать в охапку еще. Наконец, улучил момент и рванул к лифтам – искать Веру. В это время поступил приказ эвакуировать всех женщин, и у лифтов их собралось множество. Пробравшись на этажи, я нашел прокуренную комнату, где в ярком дыму восседала величественная седая женщина, внимательно прислушивавшаяся, как Вера зачитывает по телефону только что составленное информационное сообщение о положении у Белого дома. Когда Вера положила трубку, я взял ее за руку и потащил в коридор. Она сначала не сопротивлялась и смотрела на меня ошеломленно, но, решив, что я собираюсь ее увести, стала вырываться. Тогда я обнял ее и впился в ее губы. Насилу мы

нашли место уединиться – на верхних этажах в под-
собке, на жестком мотке пожарного рукава, среди
багров и огнетушителей...

– Ты любишь меня? – прошептала Вера.

– Сама-то как думаешь? – я прижался к ней губами.

– Любишь.

– То-то же и оно.

– Тебе страшно?

– Сейчас уже да.

– И мне... страшно.

Мы шли по лестнице, чуть покачиваясь, рука
об руку.

Расставшись с Верой, я снова взялся разносить
противогазы. Наконец, от усталости потеряв чувство действительности, я спустился в подвал и поискал место, где можно было бы прикорнуть.
Я бродил по коридору, пытаясь отыскать стул, и вдруг
услышал голоса. Я приблизился к приоткрытой
двери. Здесь шло совещание. Кто-то кому-то до-
кладывал. Кто-то кому-то горячо возражал. Я не
сразу понял, что слышу голоса руководителей противостояния. Когда понял, мне стало неловко, но
было поздно – до меня донеслось:

———

– Ну, хорошо. С командой «Альфа» мы договорились. Но что же нам делать с этим свободолюбивым быдлом? Разогнать его или окучить?

Я ретировался, снова взял противогазы и, понемногу приходя в себя, поплелся с ними на улицу. Там они никому уже не были нужны. Хмурые бессонные люди сидели, стояли, лежали под светлеющим небом. Вдруг поднялось какое-то оживление – волна рук пошла от группы к группе: все поднимали головы и показывали в сторону дома в Глубоком переулке. Там по кровле полз человек. «Снайпер! Снайпер!» – пронеслось по толпе. Но тут над кровлей полыхнул триколор, и раздался вздох облегчения. Скоро и по другим крышам взметнулись флаги, вспыхнул и жовто-блакитный.

Тут же пронеслась новость, что танки уходят из Москвы. Я попробовал снова прорваться к Вере, но не вышло, и двинулся к метро с одним из знакомцев по отделению. Когда расставались, парень, мой одногодка, поправил очки и произнес:

– Меня Николаем зовут.

Мы провели вместе самые значительные часы наших жизней, и нельзя было остаться друг для друга безымянными.

– Петр, будем знакомы, – сказал я и крепко пожал ему руку.

Вечером я все-таки забрал Веру, и на следующий день мы шли в самом грандиозном шествии, какое только знала столица: стотысячная толпа двигалась от Моховой к Лубянке, и в толпе ходили слухи, что на Лубянском проезде провокаторы сейчас организуют давку. Туда были срочно посланы гонцы – на метро, чтобы предотвратить трагедию. Как им удалось разобрать заградительные барьеры из поливальных машин и грузовиков, никто не знает, но всё обошлось, и мне удалось подобрать и завернуть в газету узкий осколок красного стекла – от разбитой вывески «Комитет Государственной Безопасности СССР». Автоматчики вдруг выбежали из подъезда мрачного чекистского дворца, но тут же ретировались, будучи сметены одним дыханием толпы, вдруг разом обернувшейся к ним: «Ха-а-а-а-а!..» На Дзержинского набросили веревки и хотели сорвать руками, но кто-то из горкома завопил, что статуя, рухнув, проломит подземные коммуникации государственной важности, и чекисты тогда точно откроют огонь по толпе. Тогда мы развернулись и стали в оцепление перед памятником,

———

чтобы подождать подъемный кран, который мог бы разделаться с истуканом аккуратно.

Всю неделю мы пили чай с сахаром, наслаждались победой, и, когда рафинад закончился, я понял, что теперь два самых счастливых дня в моей жизни стали историей.

После путча Вера еще дольше стала зависать в своей проклятой Конституционной комиссии, которая теперь служила новой власти с особенным вдохновением. Я утроил свои усилия по поиску работы – ради успокоения и отчасти чтобы заглушить свербевшую в мозгу дату отъезда. Снова ездил по кладбищам с прейскурантом на крематорные печи, ассистировал на психотренингах, мода на которые стала повальной. На сеансах тантрического секса отвечал за реквизит – коврики, кассеты с буддистской музыкой – утренние и вечерние раги, дзенская флейта; помогал голым людям с завязанными глазами перемещаться в пространстве, следил за тем, чтобы в класс не заглядывали любопытные школьники. На тренинге по изжитию детских травм помогал людям проползти через огнеупорный пожарный эвакуационный рукав, символизирующий рождение заново. И снова был навязчиво озабочен своим здоровьем, которое поглощалось неизбывной страстью; преследуемый истощением, я украдкой поглощал пиво со сметаной, жевал женьшень, мумие, прополис, запивал всё молоком, за которым ездил на станцию Отдых, где в детстве мать всегда закупалась молочными продуктами, считая местный молокозавод лучшим во всем Подмосковье. Не знаю, насколько помогали снадобья, но пищевые калории без остатка шли в дело.

Меж тем разум нас совсем оставил. Беда с отцом, казалось, только взвинчивала Веру – чем хуже, тем лучше. Близость смерти подстегивала любовный припадок. Вблизи смерти инстинкт самосохранения мобилизует все силы организма на продолжение рода. Наслаждение, смешанное с отчаянием, отравило нас. Властная неутомимость Веры сталкивала меня в бездну. Разность между нами состояла в том, что Вера могла в ней, этой бездне, левитировать, а мне каждый раз предстояли разбег и прыжок с неизвестным исходом...

Для Веры важно было выбрать особенное место – запасниковый закуток в Пушкинском музее,

реставрационные залы Третьяковки, чердаки и крыши, недостроенная высотка над Каширским шоссе,
самый верхний этаж, где с четырех сторон дрожат
осколки ночного города и видны трассирующие
бортовые огни самолетов, один за другим идущих
на посадку, окунающихся в чернильницу «Домодедово». В результате такой эквилибристики я еле
привык к пропасти подо мной; Веру же дыхание
высоты приводило в трепет.

Со смертью она была обручена, хоть и невозможно было сказать об этом по ее внешности.
В облике ее не было ничего рокового: длинная
шея, тонкие косточки и серые глаза, к вечеру ста-
новившиеся аметистовыми. И чистый ее, словно
бы совсем незрелый облик не оставлял сомнений
в том, что всё будет хорошо... Впрочем, ее раннее
замужество могло бы сказать мне о многом. Но
мой опыт был мал, а способность к предвидению –
как у слепого котенка.

В начале сентября пришла пора покупать билет,
и нужда в деньгах меня захлестнула еще беспощад-
ней. Ради своего чада мои родители продали един-
ственную семейную ценность – старинные немец-

кие часы с чеканкой на маятнике, изображавшей
льва, терзавшего агнца, которые в детстве будили
меня гулким боем. Они достались моей бабушке
от капитана советской армии, вернувшегося с тро-
феями из Берлина: весной 1946 года бабушка об-
стирывала военных, служивших в охране концент-
рационного лагеря, где содержались пленные немцы, которые отстраивали Сталинград; многие из
наших офицеров расплачивались самой разной до-
бычей – от гамбургского шелкового белья до вело-
сипедов Баварского моторного завода. Так что часы, извлеченные из-под стен Рейхстага, мне сильно
пригодились. Кроме того, в родительском саду
случился небывалый урожай коричных, и отец
призвал меня на помощь: три дня подряд мы с ним
возили тележками на Ваганьковский рынок отбор-
ные яблоки, которые расходились в мгновение ока.
Еще отец продал приемник и шоссейный велосипед, и тогда нам хватило купить мне билет на самолет в один конец с открытой датой.

Мне было ясно, что никуда я не смогу уехать,
что дату вылета придется переносить не раз. И в то
же время я смутно сознавал, что отъезд может оказаться спасением, и берег билет как зеницу ока.

* * *

Приезжал Никита и долго о чем-то разговаривал с Верой в сквере у Пресненской заставы. Грохотали трамваи, ревели автобусы, белый пудель неутомимо носился за теннисным мячом, то и дело отвлекаясь на голубей. Я сидел на соседней скамейке и курил. Наконец Никита встал и, не взглянув в мою сторону, удалился. Вера сидела, закрыв ладонями лицо. Глухие рыдания сотрясали ее. Кое-как мне удалось ее расспросить. Она сказала, что отцу ее грозит арест.

– Нужны деньги, понимаешь? Много денег.

– Сколько?

– Тридцать тысяч.

– Долларов?!

Вера отстранилась от меня и вытянула из рукава скомканный платок, приложила его к носику.

– Я достану. Я постараюсь.

– Ты? Не смеши!

– Я клянусь тебе, я добуду деньги.

– Где? – она пристально всмотрелась в меня.

Я не выношу женских слез. В детстве, если мать хотела меня в чем-то переубедить, она рыдала, и я становился как шелковый.

———

Ради Веры я готов был умереть. Если бы потребовалось, я, не задумываясь, вскрыл бы грудную клетку и вырвал себе сердце.

– Украду, – сказал я ожесточенно.

– Украдешь... У кого? Хватит трепаться.

– Я обещаю тебе. Я попробую что-нибудь сделать... Заработаю. Одолжу... Не беспокойся. Я на всё готов.

– Какой глупый... – взяла меня за руку Вера. – Какой глупый... Ничего не понимаешь, но я так хочу тебя, так хочу, что ты кажешься мне самым умным на свете, самым сильным... какой ты милый, милый... – зашептала она, прижимаясь к моему плечу щекой.

На следующий день я приехал к Паше – советоваться, где взять денег.

– Продай квартиру, – пожал он плечами, взбалтывая бутылку с кефиром.

– Откуда у меня квартира?

– Н-ну, да.... Нет у тебя квартиры, – ответил сонный Паша и спросил: – Завтракать будешь? Омлет сделать?

– Кусок в горло не лезет. Деньги нужны. Надо где-то достать, украсть. Есть у тебя подработка?

– Что ж тебе неймется? Можешь подменить меня в киоске.

Паша уже месяц скучал продавцом в киоске на Новом Арбате. Вечером я пришел к нему в будку, стоявшую у магазина «Мелодия», и он показал мне свое хозяйство: склад презервативов, ящики с пивом, водкой, коробки шоколада и сигарет.

Потом подошел хозяин. Невеликого роста мужичок по кличке Калина в кожаном черном плаще, с цепью на голой шее и в тупоносых туфлях с толстенными подошвами. Он пристально меня осмотрел, как тушу в мясном магазине:

– Иди к черту, – заключил он. – Ты в киоске не поместишься. Ты слон. В киоск залезешь – весь товар наружу, или подавишь. Иди к черту. Слышал?

– Нет-нет, ничего выносить не надо, я помещусь! – залебезил я.

– Да ты сначала отбей себе башку.

– Чего?

– Башку себе пробей, может, поумнеешь, – пояснил коммерсант. – Иди к черту.

– Ну, пожалуйста, – попросил я. – Возьмите меня. Я честный малый, бухгалтерии обучен, память на числа хорошая, никакой калькулятор не нужен. Скажи, Паш?

Паша что-то пробурчал.

– Пошел вон, – уже менее уверенно сказал Калина.

– Испытайте меня, я отслужу, не пожалеете.

– Да не люблю я больших, как ты не поймешь, – взревел Калина и схватил меня за грудки, будто поднял сноп сена на вилах. Он внес меня, как штангу, в киоск и втиснул между прилавком и товаром. Я понял, что вдохнуть здесь глубоко не получится.

Потом Калина обмяк и, тяжело дыша, вымолвил:

– Весь брак на тебе, дылда. Всё, что помято и разбито, твоя вина. Понял?

– Так точно.

– Смотри у меня.

Так я и вписался в Пашкин пересменок. Работали мы по очереди – то днем, то ночью. Павел днем норовил оттрубить, но вечернюю смену иногда мы вместе отстаивали. Ниночка стала капризничать, и друг мой рад был исчезнуть из дома, чтобы, попивая пиво, с пользой скоротать аспирантскую судьбину за торговлей. В ларьке и около он наслаждался свободой и как-то даже влюбился в уличную клоунессу, выступавшую с пантомимой на Старом Арбате. Ради нее он стал щеголем: прикупил у костюмера в Театре Вахтангова клетчатые штаны и сюртук из реквизита, к ним котелок и медный монокль. Я видел его, обсыпанного пудрой, вместе с вымазанной белилами клоунессой, уплетавшей бублик с батончиком «Марс», на шоколадной корке которого оставалась светлая полоска цинка...

Зарабатывал я прилично, и что-то во мне переменилось. Мне нравилось рисковать ради мечты об освобождении Веры, сладкое бесстрашие теперь поворачивалось во мне второй натурой и расправляло плечи.

Торговали мы всем подряд, без специализации. Промтовары шли пополам с бакалеей – жидкокристаллические календарики, часы, теннисные мячи перемежались с продуктами, миндальным ликером, водкой, пивом. Скоро я увлекся торговлей, ибо дело оказалось азартным и прибыльным, понемногу я стал хитрить: иной раз чванливого барыгу не отпускал без обмана, но бедных не нагревал никогда. Если хотел толкнуть свой товар мелким оптом – платил Калине налог. И вообще не смущался, поскольку арбатское наше дело было наваристым и опасным. Грабили нас регулярно. В соседнем киоске торговал кандидат философских наук, специалист по марксистской этике; его подозрительно часто грабили. Приходит раз к нам хозяин его киоска, заплывший хромоножка Толян-Сафари (его кто-то по ошибке подстрелил на бандитском сафари: когда псов с привязанными к хвостам консервными банками выпускают из фургона в лес и по ним лупят вдогонку из стволов), и спрашивает:

– Не пойму я его никак, философа своего. Вот вас сколько чистили?

– В сентябре один раз. В августе тоже.

– А моего уже четвертый раз обувают дочиста. Схоронить, что ль, гада?

А иной раз выйдет из «Метелицы» проигравшийся бык – и шасть к киоску водочкой залиться. Злой, как кипяток: не понравится ему, как ты глянешь на него, – тотчас в амбразуру ствол сунет и давай базланить:

– Ну, ты где там. Я тебя сейчас в твоей коробчонке грохну.

– Не надо. Пожалуйста. Что я вам сделал? Хотите, всё отдам?

А тот не слушает, предохранитель сдвигает:

– Я тебя замочу сейчас. На колени.

Первый раз мне под дулом страшно не было. Страшно стало во второй. Пашка потом побежал, как был – в котелке, в туалет – в кафешку, где мы обедали горячими бутербродами и песочными пирожными-«орехами» с вареной сгущенкой, вернулся, откупорил коньяк и вытряхнул в глотку четверть.

– А если б он пальнул? Ну, скажи, а если б стрельнул? Да ведь я скоро отцом стану!.. Ужас-то какой, ужас, меня всего аж колотит. Нинка на сносях, а я трупак. Нет, ну ты подумай...

После того случая я притащил с пункта приемки металла поддон трехмиллиметровой толщины, и привинтил его к изнанке киоска, чтобы прятаться за ним, если начнется пальба.

Другой раз нас подставил сам Калина. Его киоск попал в пограничье между пересмотренными границами зон бандитского влияния. Однажды в один и тот же день к нам за мздой пришли два разных гонца. Мы долго с ними переговаривались, они стали нервничать. Пашка уже хотел их одарить, но я уперся, говорю: придет хозяин, вот с ним и беседуйте. Отстали кое-как, а когда явился Калина и выслушал, то побледнел и заорал:

— Надо было всё отдать! С солнцевскими не базарят, они ломом подпоясанные. В следующий раз так говори: «Я не у дел. Ищите крышу, забивайте стрелку». Повтори!

— Идите в жопу, Калина.

— Повтори, мне ж потом грех на душу брать.

— «Не у дел я. Ищите стрелку, кройте крышу».

— Идиот, — вздохнул Калина. — Ты же клялся, что память у тебя есть. Божился мозгами?

— Было такое, — кивнул я.

— Повторяй: «Я не у дел. Ищите крышу, забивайте стрелку».

— Прекрати, Калина, — сказал Пашка. — Не видишь, он смеется над тобой.

Калина недоверчиво глянул на меня и замахнулся кулаком:

— Я тебе понасмехаюсь...

* * *

Пока торговал, мне (в отличие от Паши, измученного рабством у Ниночки, в свою очередь, доведенной до белого каления его мамашей) не нужна была клоунесса. Вечером Вера поднималась ко мне от реки по Арбату, и мы шли с ней на Волхонку, чтобы в одном из дворов проскользнуть в парадное, взлететь на чердак и наброситься друг на друга, завалившись на связки старых газет и «Огонька»; всё это творилось посреди стаи переполошенных голубей, их воркующего стенания. И до сих пор услышанное невзначай голубиное гортанное871 бульканье иной раз заводит меня не на шутку... Потом мы шли ужинать в роскошную, по нашим меркам, пиццерию неподалеку, где расхватывали с блюда ломти шипящей пиццы, появлявшейся из пузатой, как в сказке про Емелю, выбеленной дровяной печи. Затем я провожал Веру в Зюзино; там, в общаге, стоящей на краю пустыря, через который было опасно идти по темени, я снимал комнату, устроенную в бывшей «сушилке». В ней имелся топчан, сколоченный из выломанного в заборе горбыля, и магнитофон «Нота» с усилителем и колонками – всё наше имущество, если не считать стопки бобин с «Джезус Крайст Суперстар», «Порги и Бесс», Гэбриелом, Кейт Буш, Хендриксом, Джоплин, «Дорз»... Напоследок я вкладывал Вере в ладонь свернутые в трубочку деньги и возвращался к метро, чтобы заступить в ночную смену.

Вере нравилось, что я забочусь о ней, я отдавал всё заработанное, не задумываясь, что она делает с деньгами, ибо был уверен, что она копит их на откуп отца. И даже когда заметил, что она стала обновлять одежку, мне всё равно было приятно сознавать, что я — причина ее хорошего настроения, воодушевленности новой блузкой, джинсами, платьем, бельем, часами, перламутровой брошью... По неопытности мне не казалось странным, что она никогда не спрашивала у меня совета и не предлагала мне самому купить что-то. Некое новое чувство — взрослость, исполненная успеха ответственность перед благополучием возлюбленной — владело мной. Это было бóльшим наслаждением, чем некогда посетившее меня осознание собственного мужского содержания. «Вот это и есть начало жизни?» — думал я. Даже то, что пару раз я заставал ее на Чистых прудах, где у памятника Грибоедову мы часто назначали встречи, — выходящей на трамвайные пути из черной «волги» с черными военными номерами, — не могло омрачить моей эйфории. «Это отцовская машина», — говорила она, но я не понимал, почему на заднем сиденье, с которого она вспархивала, я замечал чье-то узкое брючное колено...

Однажды в выходные мы приехали в Султановку. Стоял яблочный сентябрь, сквозь поредевшую листву просвечивали лунные бока антоновки. Пока шли со станции, успели надышаться подстывшим воздухом, чуть студящим носоглотку, ясным воздухом, очищенным дождями от летней взвеси пыли, пыльцы, живой и отмершей. По небу теперь тянулись паутинные паруса – серебряные нити, на которых крестовики-крестоносцы перемещались в новые палестины.

За калиткой мы наткнулись на свежевырытую канаву. Пошли по краю, только у колодца решились перепрыгнуть и поскользнулись на свежей земле. Дальше путь нам преградил сколоченный из бревен противотанковый еж, опутанный колючей проволокой, протянутой к деревьям. Кое-как одолели и его. Генерал сидел на краю окопа, свесив в него ноги в стоптанных кирзовых сапогах, один из которых просил каши.

– Папа, что здесь происходит?

– А! Дочка... – очнулся генерал. – Соскучился по тебе... Забыла меня, – спохватился и воткнул окурок в ком сырой земли.

– Папа, что здесь? – слабо спросила Вера.

– Занимаю оборону. Окапываюсь, понимаешь?..

– От кого? Папа, папа! Что ты? Что ты?! Тебе нельзя и двух килограмм поднять... Ты... могилу себе роешь!..

– Мне помогают, дочка. Ординарцев привлек. Мы еще и дзот соорудим. Помощники мои за брусом с песком поехали. А ты как думала? Голыми руками меня не возьмешь.

– Какой дзот? Ты что говоришь... Папочка, милый, родной, любимый, зачем?!. – Вера кинулась на колени, припала к отцу, прижалась к его небритой щеке.

– Отставить слезы... – пробормотал генерал дрогнувшими губами, и глаза его наполнились блеском; боясь испачкать дочери куртку, он неловко прижал ее локтем.

Я отвернулся и шагнул в сторону, глядя в небо между березами, на листья, слетавшие, кружась, к черному зеркалу пруда.

В тот же вечер я поехал к Калине просить денег взаймы. Он жил на Открытом шоссе, дверь открыла мне его жена и хмуро объяснила, что он гуляет с собакой вокруг холма, стоявшего посреди бульвара Рокоссовского. Английский сеттер тащил его по асфальтовой дорожке, и то и дело мне приходилось прибавлять ходу, чтобы поспеть за перешедшим вдруг на трусцу шефом (так мы с Павлом к нему обращались). Я думал, он меня обругает, а он, казалось, обрадовался, что я к нему пришел за помощью, будто это могло ему самому принести некий доход (мне хватило соображения за это время прийти к выводу, что такой тип людей ничего, кроме денег, не интересует; но деньги – их подлинная страсть, страсть выдающаяся, заставляющая их уважать).

– Не дам. Нету столько, – Калина пытливо всмотрелся мне в глаза, словно желая понять, чего стоит мое желание обрести эту баснословную сумму. – И если б даже было, то не дал бы: я жадный.

– Ясно, – закручинился я.

– Но я помогу тебе. К нужному человеку отведу. К Барину. Слыхал? Он даст тебе работу. Барину нужны такие, как ты: сообразительные и у которых фитиль в одном месте.

– Когда отведете? – спросил я.

– Приходи к семи в «Балалайку».

– Это где?

– Ну ты что, корешок, где «Балалайка», не знаешь? Ресторан дома Союза композиторов на Неждановой. Учи матчасть, чайник.

– Выучу, не беспокойтесь.

В семь вечера я свернул с улицы Горького в подворотню и скоро сидел в душном, затянутом бархатом ресторанном зале, стремительно пьянея после двух рюмок и яйца с красной икрой. Напротив меня за столиком восседал Барин – назвавшийся Романом Николаевичем, справа грузно восседал его молчаливый спутник – широкоплечий мужик со стрижкой «бобрик», с планкой рыжих усов. Усаживаясь, он небрежно сбросил на спинку стула кожаный плащ.

Калина в их присутствии помалкивал, то и дело с ненавистью зыркая на меня. Высокий, осанистый Роман Николаевич, лет шестидесяти, с величавой лобной залысиной и длинными тонкими пальцами, – в ответ на мое приветствие лишь с улыбкой склонил голову. Калина молчал, сумрачный громила уставился в тарелку. Роман Николаевич, казалось, был обрадован мне, принимал за своего, и я мучительно соображал, кого мне напоминает этот пришелец – а именно таковым он и казался, совершенно не советским, цивилизованным, иностранным, невиданным... Я радовался, что могу говорить на равных с такой – высокого полета – личностью, в присутствии людей, которые ни во что меня не ставят.

Я снисходительно поглядывал по сторонам, обращаясь и к ним в том числе, и все-таки никак не находя понимания – ни Калина, ни громила не кивали мне и отводили глаза, но всё равно мне чудилось, что после они непременно отдадут мне должное. Я быстро опьянел, скорее от сытной закуски и волнения, чем от водки, и потому не смог удивиться, когда внезапно почувствовал в груди странный жаркий интерес к Роману Николаевичу... Мне вдруг развязно захотелось ему понравиться. Сквозь пелену жемчужного тумана я прищурился на его продолговатость, на весь удлиненный строй его туловища, овала головы, пальцев, рук, на бордовый джемпер под твидовым пиджаком, небольшой покатый живот, вместе с сединой придававший ему особенно благообразный вид, – и окончательно уверился, что передо мной – ни много ни мало, а в е л и к и й р у с с к и й, почти вымерший мастодонт прошлой эпохи, тип, чудом сохранившийся в наше время, как сохранялись птеродактили в *terra incognita*, вроде Земли Санникова.

Мне даже показалось, что Роман Николаевич говорит с акцентом, настолько чиста была его дикция, с необыкновенной артикуляцией; его тонкий и широкий рот с ровным набором жемчужных мелких зубов имел странную притягательность, ибо стоматологическая культура в моем отечестве не способна была произвести такого качества челюстной продукт. Роман Николаевич почти не ел и, совсем отодвинув тарелку с солеными рыжиками, которыми закусил две рюмки цветных водок, кинул на нее салфетку и оперся двумя руками на трость с костяным набалдашником в виде головы ржущего коня.

– Так, значит, вы обучаетесь биологической физике и мечтаете о карьере ученого, – резюмировал Роман Николаевич. – Очень любопытно! А позвольте вас спросить, есть ли у вас уже сейчас научная мечта? Некая греза... Знаете ли, у каждого целеустремленного человека должна быть несбыточная мечта, звезда которой влекла бы его к свершениям... Одним словом, знаете ли вы уже сейчас, что именно вам хотелось бы добыть для человечества?

И так уже возбужденный интересом к своей персоне, я задохнулся от возможности себя выразить. Я замычал...

– Да, такая мечта у меня есть. Как бы это проще изложить. Я... Я хотел бы понять, где зерно человеческого. Нет, не так. Мне интересно узнать, как был сотворен человек, в какой момент человек древний из животного превратился в хомо сапиенса...

– Интересно, – вздохнул Роман Николаевич. – И вы полагаете, что наука способна с этим разобраться?

– Не сомневаюсь, – откинулся я на спинку стула. – Звучит фантастично, но я всерьез собираюсь... и даже работаю уже над тем, чтобы узнать, каким образом нейроны мозга... как их, нейронов, связи формируют личность.

Калина прокашлялся и ткнул меня под ребра:

— Ты думай, с кем про что говоришь, — злым шепотом дохнул он мне в ухо.

— А вас, Калина, мама не учила не встревать в чужой разговор? Или вам невтерпеж, когда ничего не понятно?.. — обозлился я.

Но Роман Николаевич с мягкой улыбкой остановил меня:

— Душа моя, не всем дано от рождения столько, сколько дано вам. Разве это не повод к смирению?

Громила при этих словах ухмыльнулся и, вперившись в меня, энергично опрокинул в рот рюмку и прикусил губами мокрые усы.

— Итак, вас интересует происхождение человечества, — уточнил Роман Николаевич. — Похвальное стремление. А не приходила ли вам попутно мысль о необъяснимости происхождения души? Собираетесь ли вы душу разъяснить, так сказать, нащупать, в какой области она соединяется с телом?

— Не вижу разницы между душой и психикой, — строго заявил я и, запальчиво придвинув к себе тарелку с рыжиками, подцепил один вилкой. – В нынешнее время происхождение психики вполне объясняется естественным отбором. И красота, и любовь, и доброта – всё это следствия отбора, все они – продукты страстного стремления к жизни.

– И религию вы туда же относите?

– А куда еще? – воскликнул я.

– Позвольте узнать, каким образом? – спросил Роман Николаевич, выпрямляя спину и посматривая на Калину, сидевшего со скорбным лицом.

– Религию изобрело страдание. Когда человек обнаруживает, что жизнь перестает приносить ему удовольствие, вместо того чтобы свести с ней счеты, он изобретает воображаемую точку опоры, находящуюся вне реальности. Тот же самый инстинкт выживания толкает его на всевозможные ухищрения, называемые трансцендентностью, метафизикой и прочее. Всё заоблачное и нездешнее есть резервный вариант существования.

– Вы очень молоды, но не по-юношески осведомлены, – произнес Роман Николаевич, беря двумя пальцами край салфетки и о чем-то задумываясь. – Это и хорошо, и не слишком, ибо познание умножает горести. Зачастую неведение оказывается залогом счастья.

— А я считаю, что познание усиливает наслаждение жизнью.

— Да. Но типаж «молодой старик» – это чрезвычайно утомительно для психики.

— Я пока этого не чувствую.

— Всему свое время, милый мой.

— Предпочитаю жить во всю силу, пока живется.

— Разумеется, дело хозяйское, – лукаво склонил красивую голову Роман Николаевич.

— Да, – поднял я подбородок, – знание усиливает наслаждение жизнью. Если осознаешь механизм того или иного явления, то это понимание увеличивает эстетическое удовольствие, получаемое при наблюдении феномена. Например, я наслаждаюсь моделированием тех или иных системных функций мозга. Математическая модель, основанная на понимании физического устройства нейронов, дает возможность осознать механизм работы системы нервных окончаний как психического элемента. Я уверен, скоро мы практически продвинемся в такой необычной области, как теория сознания, теория «я», если хотите...

— В самом деле?.. — сощурился Роман Николаевич. — О, мне хорошо известно это ложное упоение своей властью над природой, — воскликнул он. — Взять хотя бы Ивана Ильича, — Барин кивнул на громилу. — Ему многое подвластно, но столь же многое и недоступно. И чем более подвластно, тем больше недоступно. Не правда ли, Ваня?

— Дело говорите, Барин, — кивнул Иван Ильич, потупляя взгляд.

— Да, наука о человеке, — задумчиво сказал Роман Николаевич, — о разности между ним и неживым особенно важна сейчас, когда мир стоит на рубеже эпох, когда в этом неравновесном средоточии решается судьба будущего. Потоки вероятий, как воздушные теплые и холодные реки, сходясь над Гольфстримом, задают погоду будущего столетия — катастрофы и благополучные исходы, счастья и безумства, — весь жизненный материал ближайшего будущего создается в нашей окрестности, и на каждом сейчас лежит ответственность за деление добра и зла...

И снова желание покорить Романа Николаевича овладело мной. Надо сказать, я был отчасти уже испорченный в этом отношении юноша, который два года назад претерпел ухаживания за собой пятидесятилетнего мужчины. О Валентине Соколове, старшем преподавателе кафедры микробиологии, слухи ходили разные: в основном игривые, а не злобные, ибо Соколов никого не обижал, а лишь ухаживал за приглянувшимися сообразительными мальчиками, подбирая себе очередную жертву. Таковой я и стал, склонившись во время лабораторной работы над микроскопом и удостоившись долгого чуткого поглаживания у поясницы и комплиментов моим интеллектуальным способностям.

В девственном возрасте мучают тактильный голод и гордыня. Об этом отлично знают соблазнители — любых возрастов и пристрастий, так что, неизбежно и неосознанно поддавшись ухаживаниям симпатичного, невысокого, с умными глазами под стеклами очков в роговой оправе человека, я однажды оказался у него в гостях в Дегунине. Голова моя была занята исключительно учебой, и воля и элементарное соображение были парализованы умственной деятельностью, кипевшей сутки напролет. К счастью, интуиция убедила меня взять с собой Павла. Только это и спасло меня от неприятностей: Соколов жил вместе со своим аспирантом, милашкой-пареньком, который не преминул намекнуть, что занимается разработкой биологического оружия. Квартира полна была книг и альбомов по искусству, и мы с Пашкой, наевшись бутербродов и усевшись в кресла, увлеченно листали Кортасара и рассматривали альбомы Босха и Веласкеса, а микробиологи приобнимали нас за плечи, жарко дышали в ухо и подливали херес в бокалы.

Кончилось всё стремительно. Первым очнулся Пашка, от омерзения он резко встал и нечаянно двинул локтем в ухо аспиранту. Тот заорал как резаный. Я ринулся за Пашкой и по дороге опрокинул преградившего мне путь Соколова. Похватав куртки, мы без шапок примчались на платформу и успели втиснуться в смыкавшиеся двери последнего вагона электрички. Пашка подергивал плечами от ужаса, я от души смеялся.

Вот и сейчас мне вдруг пришло в голову сыграть в такую же игру с Романом Николаевичем. Наитие подсказывало, что путь к тридцати тысячам может лежать только в этом, невероятном, направлении, ибо ни одна работа на свете не стоила

таких огромных денег, включая даже самое дорого-
стоящее и великолепное убийство.

Внезапно в глубине ресторанного зала произошло стремительное движение, и официант едва
успел поймать брошенное ему на руки кожаное
пальто. Жгучий красавчик с корсарской бородкой,
с прямыми волосами цвета воронова крыла склонился перед Барином и поцеловал его руку, а потом и подставленную щеку. Мельком глянув на нас,
он схватил стул от соседнего стола и приставил его
по левую руку от Романа Николаевича, который
обратился ко мне:

— Знакомьтесь, это мой молодой друг Ибица,
надеюсь, вы подружитесь. — Душа моя, — взял он
руку красавчика в свою, — люби и жалуй: Петр, занимается проблемой моделирования мозга.

— Очень приятно, — сказал я, вставая и протяги-
вая руку, но так и остался, замерев, глядя, как дерз-
кий, с широкими острыми скулами красавец отки-
дывает назад блеснувшие волосы, складывает на
груди руки и, навалившись на спинку стула, смотрит мне в переносицу.

Всё произошло стремительно и неотвратимо.
Я замкнулся. Роман Николаевич, словно извиняясь

за поведение Ибицы, стал словоохотлив, рассказал о некоей работе – библиотечной, с книгами. Но я уже был не в себе и плохо слышал, ибо неотрывно смотрел на Ибицу – как тот, снова откидывая волосы, берет длинными, с полированными ногтями пальцами галету и оснащает ее маслом и икрой, как пригубливает бокал Романа Николаевича и отпивает из него, как Иван Ильич услужливо подносит ему зажигалку, а Калина – салфетку...

Я улучил момент, когда Барин что-то говорил красавчику, и нагнулся к Калине, чтобы прошептать:

– Почему Ибица?

– По кочану. Остров такой. Остров дураков. «Незнайку на Луне» читал? Там есть остров, где жрут, трахаются и кайфуют, так в натуре он Ибицей зовется.

Я только пожал плечами.

– Поработаете сначала с книгами, – говорил Роман Николаевич, – у вас ведь есть опыт каталогизации, сможете по темам рассортировать издания? Рассортировать и экспедировать по инстанциям. Иван Ильич всё объяснит. Затем более серьезную деятельность для вас справим.

— Конечно, всё сделаем, не беспокойтесь, — отвечал я, злясь на себя, на свой заплетающийся язык и совершенную беспомощность перед Ибицей, который в гардеробе наступил мне на ногу и прошипел, глядя в глаза: «Поосторожней!»

После мы поехали еще в один ресторан, потом потеряли где-то Калину, искать не стали, я старался подружиться с Ибицей, лез к нему с разговорами и чокаться, затем мы поднялись в какой-то кабинет на Неглинке, где Иван Ильич доставал из сейфа деньги, много денег... Всё это время Роман Николаевич либо сидел в машине, либо снисходительно посматривал на то, как я пытался сдружиться с Ибицей, чем-то его заинтересовать.

Закончилось всё поездкой в барский дом, где я мучительно общался с раковиной, а Иван Ильич по просьбе Барина подносил мне ковшики с разведенной марганцовкой и грубо умывал откуда-то принесенным снегом.

Заснул я там же, где-то, куда добрался на ощупь, и только помню, как жалобно заскулил, когда кто-то подсел ко мне на постель и стал разминать шею, массировать плечи, а я просил: «Не надо, пожалуйста, не надо».

* * *

Наутро я спускался по эскалатору в метро на «Белорусской» — в тоннель своей головной боли и униженности, о которой желал позабыть. На следующий день, когда схлынула муть и молодой организм одолел хандру, я сидел в сквере на Рочдельской и ждал Веру.

Она всё не шла из своей проклятой Комиссии, а я тосковал: «Зачем я ввязался в эту трясину? С чего я взял, что мне кто-то за красивые глаза даст деньги?.. А почему нет? Если у кого-то есть много денег, то должен быть способ эти деньги у него добыть. Тем более деньги эти грязные. Так что методы, которыми их добывают ради благих целей, тоже не обязаны быть стерильными... Плевать, нужно добыть денег — и всё тут, сейчас любые средства хороши».

Пришла Вера, я дал ей сверток с бутербродами. В последнее время мы всё больше молчали. Я хотел, чтобы она знала, что я делаю всё возможное, чтобы спасти ее отца. Но на нет и суда нет: пока не достану денег, бессмысленно говорить о том, что я геройски стараюсь их раздобыть. Вот я и молчал. Я рассказал ей только, что получил важную работу, но пока киоск бросать не буду, надо посмотреть еще, каков доход от нового мероприятия. Вера не стала меня ни о чем расспрашивать, и я только сильней сжал зубы.

Роман Николаевич, кроме того что был Барином, могущественной в московском мире теней личностью, еще занимал должность архивного хранителя Библиотеки имени Ленина. В новейшие торговые времена он открыл в вестибюле библиотеки букинистическую лавку. Место было не просто бойким, а вулканическим. Я стал помогать на сортировке, в мою задачу входило добыть заказанную книгу со склада, для которого была приспособлена одна из комнат в самой библиотеке. Недавно Барин придумал сделку: отдел хранения продает по бартеру на сторону два чемодана уникальных плакатов 1930-х годов – Родченко, Татлин, русский авангард, чертежи конструктивистских архитекторов, зданиями которых полнилась Москва под присмотром Корбюзье, афиши спектаклей Мейерхольда и прочее – в обмен на три фуры никому не нужных книжек, исторгнутых из Омского библиотечного коллектора. С плакатами и прочей ценностью Барин разбирался самостоятельно, а книги были поручены мне.

Хранить их было негде, списать нельзя. Решили избавиться от балласта, направляя эту макулатуру в госучреждения – в психиатрические лечебницы и тюрьмы. Эти отборочные и экспедиционные функции и были поручены мне. Я оставил Павла на хозяйстве в ларьке, а сам снял ангар в Долгопрудном, на складской территории машиностроительного завода; в том ангаре когда-то в 1930-х годах строили дирижабли. Сюда я отогнал фуры с книжками, нанял младшекурсников, которые за сутки опорожнили груз, накормил и напоил водителей и расплатился с ними.

Итак, я остался один на один с горою книг, насыпанных промеж дюралевых реберных дуг, рассекающих объем ангара каркасным остовом дирижабля, который, вероятно, когда-то штурмовал арктические поля. Для начала сложил из книг кровать и стол. Начал сортировать, ибо у меня был наказ от Барина отобрать что-нибудь для букинистического магазина.

Постепенно меня поглотила вся эта поверженная масса печатного советского мифа. Семидесятипятитомный перевод речей Ким Ир Сена, позабытые и несостоявшиеся репутации, бури номенклатурных усилий бумагомарателей всех мастей завалили меня с головой. Для букиниста не набиралось ничего. Избыток стотысячных тиражей мучил мое сознание. В ангаре ночевать было холодно, к тому же крысы стали осваивать бумажную гору, — и общее зрелище столетней тщеты, интеллектуального и душевого провала эпохи, воплощенного в гигантской пирамиде макулатуры, измучило меня... Советская литература, убившая великую русскую и вместе с ней человека как такового. Пустые, выморочные усилия, симуляция интеллектуальной и душевной деятельности, отраженная на этих страницах, мучили адскими видениями. Апокалипсис советского двадцатого века несгораемо пылал столбом, подпиравшим кровлю ангара. Лишь «Военные повести» Бакланова, каким-то образом затесавшиеся в эту гору пустоты, представляли собой настоящую словесную реальность. Особенный ужас источали залежи переведенной на русский так называемой литературы народов СССР. Душевное насилие, выданное в мир ради дач, машин, путевок и пайков, вызывало рвоту.

Пора было избавляться от этой пучины. Нужны были транспорт, помощник и список адресов, где можно было бы получить акт приема груза. Как раз вовремя сгорел наш ларек. Калина снова не сообщил, что у него проблемы, и бауманцы-беспредельщики подожгли киоск вместе с Пашкой. Тот спал, чуть не угорел, поджигатели его сами вытащили, с опаленными ресницами и шевелюрой; от него еще несколько дней несло дымом, как от копченого леща.

Пашкина безработица оказалась очень кстати, ибо у него были водительские права, полученные еще в школе, в ДОСААФ. С тех пор машину он не водил, но я усадил его в «рафик», списанный из автопарка «скорой помощи». Вдвоем было не так страшно. Начали с Бутырки, Матросской Тишины, продолжили Кащенкой и Восьмым Марта. Схема была проста. Мы приходили в пункт приема передач и просили аудиенции. К нам выходила полногрудая женщина в форме, или строгий прокуренный мужик с резиновым напальчником, черным от типографской краски, или молодой лейтенант, разговаривавший надменно и никак не способный поверить в то, что нам ничего, кроме росписи в товарно-транспортной накладной, не надо.

Далее мы перешли на Подмосковье. Затем на Калужскую и Тульскую области. Попутно мучились со стартером, который то и дело шел в отказ, и приходилось заводить «рафик» с толкача, не глушить или ставить на горке, чтобы с нее катнуться и завестись. Зато надышались и насмотрелись на осенние просторы, склоны, перелески, золотистой бедностью рассекавшие черные намокшие поля, на дороги, на эти шрамы скуластых равнин, по которым оглушительно мчали автомобили; а в кюветах стояла черная водица, отражавшая низкие косматые облака...

Такую тоску на нас нагоняли эти поездки! Психиатрические лечебницы занимали опустошенные монастыри, старинные усадьбы, и вид запущенности, заброшенности некогда светлых и полных смысла и жизни мест приводил нас в уныние. Подъезжаешь, например, в Богимове к усадьбе Прончищева, где Антон Павлович Чехов писал «Сахалин», где Левитан едва не женился на Лике Мизиновой. Ставишь перед хозблоком машину, глубоко клюнувшую капотом, качнувшуюся на протекших амортизаторах. Заходишь внутрь позвать кого-нибудь на помощь и видишь в сан-

гиновом сумраке огромный чан из помятой нержавейки и вокруг него сборище людей, оплакан-
ных кистью Босха. Все они, исполненные ката-
лептической замедленности, чистят картошку:
крахмальные пролежни и грязные ленты очисток
в пальцах с синевой под ногтями... Наконец я до-
бивался криком, что на крыльцо выходил дежур-
ный и протягивал в воздух морщинистый розово
отсыревший перст, чтобы указать, как найти
главврача. По дороге к его кабинету тяжко было
повстречаться с больными, выпущенными на
прогулку. Как правило, в загоне, огороженном
покосившейся в опорах сеткой-рабицей, несчас-
тные пациенты в серых вытрепанных робах
бродили по кругу или сидели – кто в застывшей
позе, кто в радостном возбуждении: беседует с со-
седом или с пустотой о чем-то очень важном. И при
этом человеческий хоровод, оказавшийся на ус-
ловной свободе, беспрерывно гудел, гудел странным пчелиным гулом.

Есть звуки, знакомые человеку. А есть такие,
которые он слышит первый раз в жизни. Так вот
этот подневольный гул был словно из другой галактики. Но мы понемногу смирились. Один раз,

когда ездили под Черноголовку в монастырскую обитель, часть которой занимала областная туберкулезная лечебница для психических больных, пришлось на солнышке дожидаться главврача вместе с больными. И я вдруг заметил, что Пашка невольно принял точно такую же позу, в какой скорбно сидел сухой, небритый человек с правильными чертами лица и страдальчески сведенными бровями. Он сидел, зажав руки коленями, и Пашка сел рядом, и не то специально, не то невольно подчинившись весомости предъявленного человеческого материала, придал своему телу то же склоненное положение. Я сначала решил, что это издевка, и рассердился, но Павел объяснил, что ему так легче, он так – зеркально – выражает свое сочувствие этому человеку...

Я пожал плечами, а Пашка вдруг завелся. Он вскочил и заорал, что не выносит наши поездки, что ему давно уже дурно вот так отупело убеждать главврачей разгрузить наш «рафик» и проштемпелевать накладную... Я выслушал, и усадил его снова, и сел с ним рядом, точно так же, с зажатыми меж колен руками. Так и сидели мы втроем, и казалось мне, что, разделив тоску, мы ее умалили.

Через две недели я пришел к Роману Николаевичу, сдал стопку накладных и сказал, что усилия наши напрасны, потому что книжная гора в ангаре даже не уменьшилась.

— А, мой хороший, так ты всё возишься с этим... — Роман Николаевич, казалось, был удивлен мне, тому, что я всё еще даю о себе знать; а я вдруг осознал, что мне приятно то, что он вдруг стал ко мне на «ты». — Послушай, милый, это ничего, ничего, есть у меня к тебе дело поважней, — вдруг оживился Барин и, взяв мою руку в свою, стал ее поглаживать, что-то обдумывая...

В течение следующей недели я четырежды оказывался в постели Романа Николаевича, но так и не изобрел, как извлечь из него деньги. Не слишком сильная увлеченность с его стороны не позволяла мне эффективно капризничать, а искусство манипуляции мне было неизвестно. Мы ходили с Романом Николаевичем по ресторанам, были в опере и драмтеатре, но особенного блеска в его глазах я не замечал. Водил он меня с собой и по гостям. Однажды привел к старому своему знакомому, коллекционеру, божьему одуванчику с неожиданной наколкой на запястье в виде кошачьей лапки. Старичок называл Барина Ромашей, а меня дусей, подливал нам чай и обоих поглаживал по коленкам. Меня подташнивало, но мысль о наживе парализовала душу. Я холодно соображал, как втираюсь в доверие к этому старичку, как прихожу к нему в гости, и он, увлеченный мною, теряет бдительность. И тут я уличаю момент, душу его слегка, связываю по рукам и ногам и уношу с собой неведомые сокровища.

– А что у вас тут особенно ценное? – спросил я старичка-коллекционера, оглядывая его хоромы, заставленные краснодеревными комодами, буфетами, секретерами; стены, замощенные стык в стык картинами, среди которых узнавались и малые голландцы, и приторные маньеристские французы.

– Ценность какая? – переспрашивает старичок. – Ну, дуся моя, никак ты меня обчистить собрался?

– Брось, Матвей Михалыч, мой Петька мухи не обидит, – возразил Барин. – Он у меня работящий, послушный, не то что Ибица...

В тот день я как раз столкнулся утром с любовником Барина. Выходил от него и встретился у лифта. Я не успел отстраниться, как тот ударил меня носком ботинка по коленной чашечке и, пока я корчился, поперхнувшись болью, нагнулся ко мне, шепча:

— Прошмандовка стоеросовая, тварь подколодная, давалка грязная, еще раз тебя около увижу — распишу от уха до уха, поняла? Тоже мне, Серая Шейка нашлась...

Я стонал, не в силах двинуться с места. Тогда он треснул меня ребром ладони по шее и открыл дверь своим ключом.

Час назад я находился за той дверью и после ванной лежал завернутый в простыню, представляя, как бы я выглядел в саване. Я ощущал больную свою душу и смотрел, как, не глядя на меня, медленно одевается Роман Николаевич, как он росло поворачивается покатой своей спиной, неестественно белой, в родинках и омерзительно дрябло-гладкой, с холеными, с желтоватыми валиками на боках, перехваченных резинкой кальсон с надписью *Calvin Klein*. Роман Николаевич пользовался розовым маслом и обильно поливал им меня. Задыхаясь сейчас этим душным сытным запахом и вместе со вздохом выпуская в потолок струйку табачного дыма, я думал о том, как бы извлечь из старика денег. Мне так и не удалось добиться какого-то безрассудства с его стороны. Чувство напрасной жертвы приводило меня в отчаяние.

— Роман Николаевич, — сказал я отстраненно, — у меня большие проблемы в жизни... Не могли бы вы одолжить мне денег?

Барин замер, чуть скосив в мою сторону глаза.

— Сколько? — тихо спросил он.

— Вопрос жизни и смерти. Нужно тридцать тысяч. Долларов...

Роман Николаевич молчал. Он взял со столика пилочку для ногтей.

— У моей знакомой отца в тюрьму хотят посадить, адвокат говорит, что можно откупиться.

— А, понимаю, — пробормотал Роман Николаевич, — понимаю. — Он ненадолго вышел из комнаты.

Вернулся и двумя пальцами положил мне на грудь стертую стодолларовую купюру.

Я почувствовал, как слезный комок подкатывает к горлу. Я рванул с себя простыню и сел, уронив лицо в ладони...

— Я... я... прошу вас поверить мне... — сказал я сквозь слезы. — Я отработаю, верну до копейки.

Давно мне так не было жалко себя.

Роман Николаевич откашлялся и подобрал с пола порхнувшую через комнату купюру.

– Что это ты, душа моя, деньгами разбрасываешься. Если бы тебе в самом деле нужна была денежка, ты бы и от копеечки не отказался. Эх, молодежь... не знаете вы деньгам истинную цену.

– Я знаю, – горячо сказал я.

– А коли знаешь, то должен не взаймы просить, а работу.

– Так я же работаю, честно работаю...

– Милый мой, это не та работа, с не той зарплатой. Однако я могу предложить тебе кое-что стоящее.

– Я готов на всё, – сказал я, вытирая обидные слезы.

– Что ж, слушай внимательно, – присел на край кровати Роман Николаевич и положил мне руку на бедро. – Скажу сразу, работа не из приятных. Но за приятную работу деньги не платят... Согласен с этим, любезный?

Я кивнул, шмыгнул носом и закурил, глядя, как зажженная мною спичка догорает в массивной пепельнице, вырезанной в огромном китовом позвонке.

– Есть у меня знакомый, – продолжал Барин, поглаживая меня по спине, – он художник, скульптор. Вот только материал, из которого он творит свои произведения, необычный. Человеческое тело. Понимаешь?

– Как это?

– Зовут его Гансом, фамилия Клейнцалер. Он придумал брать труп, препарировать его искусным образом и под давлением пропитывать пластификатором на основе парафина. Так что в конце концов получается как бы восковая статуя особенного устройства.

– А, знаю, знаю, мне про него ребята знакомые рассказывали, – оживился я.

– Да, Ганс знаменит уже порядком, – с удовлетворением согласился Роман Николаевич.

– А что мне надо делать? Помогать ему?

– Он нуждается в материале. Нужно поездить по периферии, по моргам, собрать бесхозных жмуриков, прости Господи.

– А это законно?

– Милый мой, кто ж за законное денежки платить будет? Работа в том и состоит: устроить так, чтобы претензий не было.

— Но как-то это с человеческой точки зрения несправедливо...

— Что именно? Что человек сам себе становится памятником, произведением искусства? Вместо того чтобы лежать в безымянной могилке без креста. Не смеши меня, душа моя. Ганс благодетель для этих несчастных. Или ты мертвецов боишься?

— Ничего я не боюсь, — буркнул я, вдруг осознав, что испытываю неодолимое желание схватить за дужку китовый позвонок и наотмашь треснуть Барина по темени.

Едва сдержавшись, я стал одеваться.

Трех дней нам с Пашкой хватило, чтобы из салона «рафика» сделать термос. Мы соорудили из фанеры перегородку и обклеили кузов изнутри стекловатой, пенопластом и фольгой и на Филевском холодильном комбинате закупили сухого льда, а на продуктовой толкучке в Сокольниках — центнер мороженых кальмаров в брикетах, обнаружив, что простого льда не добыть, ибо в стране, не знающей искусства коктейлей, лед есть продукт буржуазный. Закончив переоборудование, мы отправились по провинциальным городишкам за жмуриками. В среднем мы платили в морге за одно мертвое тело, снабженное справкой о смерти и накладной, в которой стояла формулировка: «для нужд анатомического театра», по сто двадцать долларов; и по десять за погрузку.

Мы не сразу научились перетаскивать трупы. В жизни не так уж часто приходится переносить тела, а мертвое куда тяжелее живого. Помимо физического неудобства есть еще груз нравственный и груз брезгливости, внушенный инстинктом самосохранения: тело мертвое – как часть смерти – есть оплот нечистоты.

Поначалу мы кидали жребий, когда приходилось пополнять запасы сухого льда: кальмары понемногу разбивались от тряски, и зрелище страшных и жалких голых мужиков, погруженных в лиловую стаю пулеобразных головоногих, вызывало и восхищение, и ужас, и сознание собственной шальной безрассудности. Набрав по городкам и весям человек пять-шесть, мы везли команду в Бологое, где нас встречал Ганс вместе с подручным, в роли которого отчего-то выступал наш Иван Ильич. Здесь, на полдороге к Балтике, немецкий просветитель нанимал холодную комнату в местном морге, из которой устроил себе мастерскую: выщербленный кафель, крашеные стены, жестяные щиты-задвижки холодильных ниш, пронизывающий смрадный холод, посреди которого была установлена ванна расплавленного парафина, чистого, как глыба озерного льда, но переливающегося ртутно, драгоценно, влекущего своей волнующей теплотой. Как приятно было протянуть руки к поднимающемуся от нее колышущемуся пласту горячего воздуха... Здесь же находились три верстака из нержавейки, на которых Ганс приготовлял трупы: расслаивал, обнажал мышцы, потрошил, вскрывал со спины грудную клетку и выворачивал ребра наподобие крыльев. Подле тарахтел компрессор и фыркала стравливающим клапаном камера высокого давления, куда как раз и подавался парафиновый пластификатор, мумифицирующий препарированный труп.

Краснощекий крепыш в горчичном кашемировом пальто распахивал дверцы «рафика» и, орудуя пожарным багром, набрасывался на наших «казачков» (так один санитар в Ефремове называл своих подопечных: «Вот этого казачка бери, а по этому у нас еще родственники разыскиваются»). Он подцеплял их под ребра, под мышки, локти, подбородки, просматривая, как на медкомиссии, с поразительной сноровкой переворачивая, подтаскивая, тасуя, – отчего у меня из-за сочувствия сжимались внутренности и ломило грудную клетку.

Сто восемьдесят долларов – дикие деньги, сто восемьдесят проклятых зеленых баксов – Ганс платил нам за «казачка», но не всех он принимал в обработку. По причинам, не всегда очевидным, он отправлял иных бедняг в некондицию, и мы отвозили их обратно в безымянные ниши. Это был наш риск, наша неустойка, так что понемногу мы научились привередничать и отбирать «казачков», исходя из представлений об их живописности. Иногда у нас в термосе среди кальмаров оседали завсегдатаи, которых не сразу удавалось завезти на родину. Попробуйте, колеся между Алексиным, Сухиничами и Жуковым, заехать в окрестности Малоярославца. А если такое и удавалось, то оказывалось, что труп невозможно сдать обратно, ибо обратное движение бумаг – накладных и справок – вызывало ступор у вечно находящегося под газом персонала (общаясь с трупами, невозможно находиться в трезвом мире; измененное состояние сознания необходимо в качестве амортизации ущерба, наносимого личности царством мертвых).

Павел предлагал заработать деньги на торговле бесхозными трупами для анатомических шоу или авангардных художников, или собирать глаза мертвецов – для замены сетчатки. Но выяснилось, что сетчатка должна быть свежей, и кто будет извлекать глаза и подкладывать вместо них ватку, мы так и не решили. И чаще всего приходилось наших друзей хоронить. Пять могил я оборудовал собственноручно, самостоятельно орудуя лопатой, укладывая тело в лодку, грубо сколоченную из пахнущих смолой необструганных сосновых досок, сталкивая ее в подземную реку к Харону. Два на два на метр, крест из черенка лопаты: треть отпилить, два паза вычистить стамеской, вкрутить саморезы, прибить фанерку с именем и датами, которые тщательно, сверяясь с документами, выводил Пашка авторучкой, макнуть крест концом в битум, закопать, вбить, притоптать, склонить голову, вздохнуть, скорее от усталости, минуту постоять в молчании...

Однажды у нас скопилось шесть человек некондиции. Кататься с ними было уже не комильфо, ибо лед подтаял, обнажив наших «подснежников», и если раньше, открывая дверцы, трудно было что-то разглядеть в клубах углекислого газа, то сейчас брала оторопь: перетряхнувшись и поменяв позы, «казачки», точно живые, составляли мизансцену — то боролись друг с другом, то дружили вповалку, будто в попойке, полулежа, словно в симпозиуме. Пашка называл нашу команду то Лаокооном, то Запорожской Сечью и крестился, когда приходилось открывать термос-аквариум...

Пашка то и дело клялся, что пора завязывать, что с него хватит такой мрачной работенки, но после каждого раза, когда Ганс расплачивался, чертыханья его прекращались. Наконец настал момент, когда у меня в кармане скопилась тысяча семьсот сорок долларов, увесистая кипа, восхитительно оттопыривавшая карман, и я упросил Пашку отпустить меня к Вере. Ночевали мы вместе с «аквариумом» в долгопрудненском ангаре, куда загоняли машину и где укладывались в спальниках на разровненном книжном ложе, а рабочий день заканчивался заездом в Фили за порцией льда, который нам на хладокомбинате за бутылку отгружали два знакомых сторожа.

Александр Иличевский

* * *

Две недели мы не виделись с Верой, жила она теперь в Султановке у отца. Простудившись на сырой земле в дзоте, генерал подхватил пневмонию и не рад был затянувшемуся периоду трезвости. Вера считала, что отец хочет покончить с собой, ибо он то и дело говорил, что скоро всё закончится, что не хочет никого обременять и т.д. Она передала хранившееся в доме оружие его сослуживцам. Невольно я был рад таким обстоятельствам, потому что мне казалось, что близость отца отвлечет ее от других опасных обстоятельств – мужчин, например.

Я пришел к Белому дому и смиренно ждал на проходной, пока она не вышла. Протянул ей деньги. Вера изумилась:

– Где взял?

– Украл.

– Не ври.

– Заработал.

– Врешь.

– Я тебе говорю.

Вера чмокнула меня в щеку, и меня обожгло желание. Я потянулся к ней приобнять. Она отстранилась.

– Куда двинем?

– Я ужасно голодна.

Мы отправились в пиццерию напротив Пушкинского музея, здесь нас знали хорошо, и знакомый официант легкой усмешкой поприветствовал нас и усадил у печки, где я молча наблюдал за тем, как любимая ест. Восхитительно украдкой смотреть, как возлюбленная, желанная каждой частичкой твоего существа, насыщается из твоих рук. Как розовеет лицо, как проворно и деликатно блестят нож, вилка, как кусочек пищи, вкус которой сейчас раскрывается и в твоем рту, соединяя органы наших чувств и вкусовые участки мозга, сплетая корни нейронов – аксоны, дендриты, – исчезает в губах, осторожных, готовых принять с языка обратно обжигающую частичку сытности.

Мало что так близко к любви, как еда и исповедь... Лицо Веры порозовело, взгляд прояснился интересом, отчужденность ретировалась; она закурила. Только тогда я осмелился опустить руку под стол и коснуться дрожащими пальцами ее колена.

Вера выпустила в сторону струйку дыма и стряхнула пепел с тонкой коричневой сигаретки *More*:

———

— Я одна с такими деньгами на Савельник?

— Провожу.

— Вот и положи к себе, — она улыбнулась.

Я сунул деньги в джинсы, и они снова прожгли карман.

— Как отец?

— Всё плохо.

— Что-то случилось?

— Боюсь уже его.

— Чертей ловит?

— Ладно б если только чертей. Отличился недавно. Понимаешь, любит у меня батя щи варить. Только их и ест. Наварит на неделю и хлебает. Наварит и хлебает. Всю жизнь так, еще до свадьбы мучил ими маму. Она-то как-то еще стерпелась, я ж не выношу этой вони: кислая капуста, пар столбом. Он всегда варит, когда меня дома целый день нету. А тут привел ему Сергеич, ординарец родной, барана.

— Живого?!

— А ты как думал? Удружил, проклятый. Видите ли, ему летчик знакомый с Памира на десантном самолете доставил. Ну, отец барана попас денек-другой для откорма и резать вздумал.

Ко щам! Вот только про меня забыл. Воскресенье. Утро. Я отсыпаюсь. А тут: «Вер, а Вер! Доченька, доча!» Еле глаза продрала. Заходит ко мне в спальню, я спросонья не пойму. Господи, что такое?! Весь в крови, шатается и в руке тесак. Я как заору. А он сам испугался, что меня напугал, к себе прижимает. Вся в крови бараньей, тошнит, кричу: «Папа! Папа!» Я думала, он вены себе открыл. Оказалось, пришел просить разрешения барана сварить. Насилу вырвалась. А он дернулся, потерял равновесие и рухнул ко мне на кровать. Я бегом вызванивать ординарца. А Сергеич мне: «Устал я, Вера Михайловна, не могу уж больше видеть, как товарищ генерал мучается».

– А что баран? – удивился я.

– Баран? Баран в этой истории самый счастливый...

– «Ты скажи, барашек наш, сколько шерсти ты нам дашь? Не стриги меня пока, дам я шерсти три мешка», – пропел я.

– Не паясничай, – сказала Вера. – Перезваниваю Сергеичу. И тут он объявляет, что он тоже человек, и у него тоже запой. Я ору: «Вы на службе.

Вы дезертир». А он: «Конечно, я на службе. Только воровать не надо было». Я: «Ах ты подлец, Сергеич, неужто ты не знаешь, что отец ни копейки из этого не получил?» «Отец-то ваш, может, и не получил ничего. А вот муженек ваш, видать, поживился неплохо».

— А ему в самом деле перепало?

— А мне откуда знать?.. Я Никите не сторож. Тебе-то что?

— Ничего.

— Вот то-то и оно. Так что на той неделе от следователей я отбивалась самостоятельно. Два упыря из военной прокуратуры приехали отца допрашивать. Один лысый, другой хромой. И мальчики кровавые в глазах, в уме счетами так и щелкают. Я их на веранде посадила, чай подала, варенье, всё как положено. Сидят. А я им объясняю: так, мол, и так, отца бесполезно в подобном состоянии о чем-либо спрашивать. Сидят. Чай не пьют, варенье не едят. Тут отец выходит. В кальсонах. Руки им протягивает. Мол, вяжите. Я в крик. Следаки, к их чести, поглядели на комедию и с крыльца долой. Ну как так жить?

— Спокойно, — говорю. — Я люблю тебя.

– А толку чуть, – она отвела взгляд, но я успел заметить, как в уголках глаз снова затлела улыбка. – Как там Пашка?

– Со мной он.

– Ты когда едешь?

– Не решил еще... – сказал я после паузы.

Вера улыбнулась, снова затянулась и выпустила дым, повернувшись в профиль. Я поморщился от жжения в груди. Прямой нос, глаза, блеснувшие бирюзой, ключица тонкая, обтянутая матовой кожей, так хорошо знакомой кончику моего языка... И тут я почувствовал внутри какую-то звериную обреченность. Напротив нее сидел не я, иной, совсем новый человек, еще мало знающий самого себя, но точно способный на что-то неслыханное – на убийство, геройство, на какой-то сверхъестественный поступок... Я испугался нового себя, словно очнулся, а двойник рядом сидит и на меня не смотрит, но владеет вниманием Веры. И я вспомнил, как в самом начале нашего с Верой знакомства мне казалось, что, когда я прикасаюсь губами к ее телу, я совершаю нечто ужасное, и поэтому мое место занимает мой двойник, а я, подлинный, на время отстраняюсь от дел; и когда настает пора возвращаться, я с оторопью всматриваюсь в ее ошеломленное лицо, вглядываюсь с ревностью и мукой, осторожно приникаю к ней, заново узнавая ее губами, будто безрукий слепец, целую в глаза, приникаю к ее лону горячим лбом, щекой, вслушиваюсь — не изменилась ли, покуда меня здесь, с нею, не было? И насколько ласковым был мой двойник, пока я отбывал свое наказание?..

«Поцелуй меня...» — шепнула, когда мы вышли в теплый московский вечер, и я залился горячей кровью, задохнулся жарко; город поплыл нам навстречу, переливаясь в хрусталике, быть может, последнего из еще нестуденых закатов. «Только вообрази, как я соскучилась по тебе. А думала, позабыла, из сердца вон. Где ты там катаешься, любимый? Что делаешь?» «Мертвецов развожу, устраиваю их на работу...» «Не ври, — и снова недоверчиво всмотрелась: — Врешь опять. Смешной какой...»

Осень уже отшумела первым приступом дождей и отогрелась бабьим летом, облетевшие мокрые листья теперь подсохли и перешептывались на бульваре под ногами. Она шла, склонив голову мне на плечо, у меня слабели колени, общий сок желания, невесомый и ртутный, растворяющий и сплавляющий, перетекал теперь меж нами, колеблясь. Мы прошли весь Гоголевский бульвар и повернули обратно, она прикусила мне мочку уха и шепнула: «Идем к Пашкову дому, я вся... Слышишь?.. Я вся...»

И снова Москва закачалась перед нами, ниспадая к набережной Ленивкой, повернулась оврагом бассейновой впадины, где в детстве вздымались зимой клубы зеленого пара, когда меня, бессловесного, с затянутым кашне ртом, родители тащили к мраморной лестнице Пушкинского музея, где горели свечные лампочки, а наверху ржали чугунные кони и угрожающе стоял великолепный Давид...

Вид на Каменный мост и Кремль развернулся крылато, мы поднялись к заветным ступеням на задах Пашкова дома, где за белыми львами на каменной скамейке молодежь любила целоваться; мы скользнули за забор и перелезли через ограду. Внутри Румянцевского музея всё лето шел ремонт, я наблюдал, бывая по соседству в Ленинке и проходя Староваганьковским проулком, как сначала освобождали от книг и потом демонтировали стеллажи, читальный зал опустошался, выносили настольные лампы с латунным комелем, затем потекли прямоугольники столов, ими заставили всё полукружье дворового пространства, так что казалось, будто здесь, вокруг клумбы, готовится празднество, что скоро столы накроют для пира; но и их увезли на грузовиках. В Румянцевке – Пашкове доме – у Барина была каморка на антресолях, я бывал у него в ней, заваленной до потолка стопками книг, с крохотным столиком, вокруг которого собирались его приятели. Это были подпольные старички, внушавшие страх и отвращение, вероятно, тайные магнаты, десятилетиями водившие вокруг пальца советскую власть, плюгавые и норовистые, шикавшие на меня или презренно не замечавшие; с виду аристократия, а на деле воры, сутенеры, валютчики, бутлегеры, сросшиеся с подбрюшьем номенклатуры. Они обслуживали ее по всем пунктам порока: держатели борделей, владельцы подпольных касс и банков, магазинов ювелирного антиквариата, музейные хорьки, поставлявшие из государственных запасников парадные сервизы царского фарфора на свадьбы горкомовских дочек.

Могущество этих доморощенных иллюминатов – еще одно подтверждение заурядности зла –

было грандиозно, ибо в их подагрических руках была сосредоточена вся финансовая мощь элиты – номенклатуры второго и первого эшелонов. Это был тайный оплот правящего класса, которому мало было пайков. Этот класс посредственного меньшинства желал красивой жизни, столь же сверхъестественной, какая была, например, у Онассиса, катавшего на яхте по Средиземному морю Джона Кеннеди и Грету Гарбо, которая восседала над коктейлем в баре на стуле, обтянутом крайней плотью кашалота. Порок всесилен, и какие бы ни строились для его сдерживания плотины, власть всегда пробьет в них брешь, и тем страшнее хлынет подземный ток в жилы посвященных – партийцев и комсомольцев, прибегнувших к этим чертовым сосцам, обслуживаемых тайными храмовниками. Старички эти были часто бессемейные, ибо абсолютная власть не предполагает ни питомцев, ни близких, с кем волей-неволей пришлось бы делиться. Они поголовно были коллекционерами и «образованцами», хранителями неизвестных архивов поэтов Серебряного века, мнимой библиотеки Ивана Грозного, якобы осколков Янтарной комнаты, бесценного собрания берестяных грамот, подлинника «Слова о полку Игореве» и прочих сакральных и мифических сокровищ, добываемых грабежом и «черной археологией». Именно в их кладовых бесследно оседали краденые шедевры, обладание которыми для иного человека означало верную смерть. Скупые рыцари порока, обладая статусом неприкосновенности и полным контролем над преступными сетями, они воплощали в себе подсознание власти, подлинно самую ее могущественную структуру; и только в критические моменты истории этот орган прямо вмешивался в жизнь общества, одурманенного ложью.

Патронируя, по сути, власть, потрафляя его, власти, бессознательному, будучи внешне неотличимыми от членов Политбюро, будучи со многими из них на «ты»; не ставя ни во что иных министров, они пользовались подземельями под Старой площадью, под Кутафьей башней, бункерами с саунами, с устроенными в стеклянных тубусах аквариумами с пираньями, санаториями с бесплатными «Березками», высококлассными борделями на закрытых лесных территориях над Пестовским водохранилищем или на яхтах, блуждавших меж Крымом и Пицундой под охраной торпедных катеров, на теплоходах, в сопровождении подлодки и эсминца выходивших из Владивостока праздновать Новый год на экваторе в Тихом океане. Рожденные нэпом, пересидевшие на номенклатурных «малинах» войну, в сотни раз умножившие свои капиталы на блокадной скупке и имуществе евреев на оккупированных территориях, дававшие распоряжения об инвестировании в цеховое подполье, незримо владевшие всей гигантской сбытовой сетью – армией фарцовщиков, барыг и спекулянтов, имевшие доступ к счетам Внешторга, теперь через их каналы оплодотворялись яйцеклетки будущей приватизационной экономики.

В их планах уже шевелили хвостовыми плавниками и жабрами зародыши промышленных предприятий, телеканалов, рекламных агентств, нефтяных компаний, с их санкции составлялись списки новых хозяев жизни – комсомольских директоров; меж пальцев этих стариков истекало в швейцарские и кипрские банковские резервуары золото партии, как раз и хранившееся их попечением. С помощью сложной засекреченной системы курьеров реки наличности протекали между странами. Я знал, что Калина, спалившись на ларьке, попал в рабство к Барину (хоть и приходился ему отдаленным родственником) и теперь катался таким курьером туда и сюда поверх таможенных барьеров по всему свету. Шестьдесят часов в неделю на высоте одиннадцать тысяч метров, десятки раз пересечь Северный полюс. С курьером перед дорогой делали что-то такое, от чего не проходили синие круги под глазами, а в радужке читалась полукружьем татуировка тушью: *mortem*.

В новейшие времена, когда смена эпох позволила легализацию подпольных активов, пришли в движение гигантские объемы ценностей. Схемы их перемещения разрабатывались именно этими волчарами, теперь чуть не каждый день вынужденными собираться вместе для обеспечения координации множества поручительных функций. Так ли оно было на самом деле, как рассказывал Калина, – я доподлинно не знаю. После пожара он запил горькую, прилип к Пашке и два раза даже ночевал со мной на книжках в Долгопрудном. Самоуничиженной болтливости Калины, пьяным слезам и суицидальным угрозам сгинуть на курьерской стезе, и даже невидящему взгляду из огненной топи, которая поглотила его на взлетно-посадочной полосе, – я не мог довериться. Но одна неясная фраза Ивана Ильича всё поставила на свои места.

Однажды этот мрачный громила, связывавший Барина с Гансом, в очередной раз помогал нам складировать «казачков». И я тогда удрученно, с досадой сказал что-то вроде: «Эх, если бы Роман Николаевич попробовал такой работенкой позабавиться». Иван Ильич застыл, выпрямляясь с мертвецом, подхваченным под мышки, полоснул меня по щеке взглядом и буркнул: «Прикуси язык. Не то я тебя вместо этого гаврика приму. Если Барин захочет, он тебе стрелку с курантов Спасской башни в то самое место забьет». Я осекся, и эта фраза зажгла мое воображение... Я живо представил, как меня тащат по винтовой лестнице на куранты и голым бросают в шестереночное горнило времени, как я цепляюсь и увертываюсь от зубцов и рычагов, а надменно глядящий сухопарый Барин тростью бьет меня по пальцам, толкает в грудь, и наконец срываюсь.

Калина пьяным шепотом рассказывал: Барин славится тем, что содержит подпольные игорные квартиры. Партайгеноссе обожают сыграть и в пре-

феранс по червонцу за вист, и в покер с минималь-
ной ставкой в четвертной. И чтоб официанточки
вокруг стола «Абрау-Дюрсо» с мороженым разноси-
ли, и чтоб пообедать здесь же можно было. Прибыль
в таких вещах широка, но игра всё равно остается
в святом углу, ибо с ее помощью можно и жизнь отстоять, и в рабство кануть, и должность отжать. Так
излагал ополоумевший от горя Калина, и я слушал
его, придерживая при себе свои вопросы.

При мне же старички безвинно играли в карты,
то и дело морщась на них из-за стеклышек очков
и обращаясь к свету от дрожавшей накалом лампочки; или разбирали каталожные коробки, передавая
мне списки, согласно которым я должен был прибрать к рукам некоторые книги, еще остававшиеся
внизу на полках хранилища, перетянуть их киперной лентой и отышачить на склад Романа Николаевича в подвал нового здания. Я и догадаться не мог,
что эти одуваны способны на великие ставки. Про-
игрывая настоящее, они выигрывали будущее...

Мне нравилось бывать в Румянцевке – в одном из
самых красивых домов Москвы, масонском храме,
царившем над Кремлем, источнике русского рели-

гиозного космизма: Николай Федоров, некогда служивший тут библиотекарем, работал в этих стенах над мыслью о воскрешении всех людей. Когда он сдружился с Циолковским, он заразил его идеей о воскрешении и потребовал разработать космический транспорт. Цель: расселить в космосе всех воскресших.

Теперь здесь завораживала поступь опустошения, обнажения высокого архитектурного пространства, устремленного над столицей с прибрежного холма. И вот сняли полы, доски уложили во дворе, разобрали прогнившие перекрытия, обнажили балки, раскрыли пространство над хорами и лестницей, ведшей высоко-высоко на антресоли, куда мы с Верой и направились, пройдя балюстрадой из колонн и, оглядываясь невидимками на безразлично мчавшиеся внизу по Манежной автомобили, перемахнули через широкий подоконник. Мы замерли под сумрачным объемом зала, располосованного на параллелограммы теплого и пыльного солнца, лившегося из верхнего яруса окон. Вверху спицы лучей переплетались в объеме, по краям которого на стропилах радужно поблескивали горлышки встревоженных, перепархивающих с места на место сизарей. Перешагивая через лаги, прошли по земле, два века не видавшей света, с колотящимися сердцами взлетели поверх трех-четырех пролетов и замерли в поцелуе; я перенес Веру ступенькой выше, и, закрыв глаза, она двумя руками медленно потянула подол юбки; всё так и произошло, и мы очнулись, скользнув по перилам; сознание вернулось, однако мы едва нашли в себе силы миновать антресоли, выбрались в мезонинную башенку, вышли на карниз, обошли по кругу, уселись на еще теплые кровельные листы.

Закат утекал за Москворечье, оставляя по себе рябь погасших немытых окон, канавки переулков, румяные облачные разводы над ними. Как прекрасна Москва, если смотреть на нее поверх крыш! Внизу город совсем безвиден, внизу перспектива глохнет, как крик в захламленных закоулках хранилища театральных декораций; мы улеглись и забылись, глядя на последний свет, на гаснущий понемногу город. Вот на такой высоте при полной сфере обозрения рождается чувство надмирности – как хорошо ему поддаться... Очнулись в полных сумерках. Озябнув, обнялись и стали спускаться. С антресолей вела лестница без перил, и, не справляясь дыханием с ознобом, кусая дрожь зубами, мы жались к стенке, вытягивая ступни, нащупывая очередную опору, как вдруг услыхали голоса, негромкие, но уверенные.

Мы замерли, подкрались к краю, дрожь сразу прошла, мы задохнулись – чем-то повеяло на нас, каким-то волшебством и угрозой, ибо всё, что происходило внизу, обладало выверенным порядком. Внизу в тишине человек пятнадцать приготовлялись к некоему действу: устанавливали стулья, два – с высокой резной спинкой, как в судебных залах, вокруг скобкой становились мужчины во фраках с масками «летучая мышь». Мне показалось, что мы снова у порога каких-то театральных действий, что в тайном месте устраивается странная постановка, и лучше бы спуститься пониже, в партер, но что-то остановило нас. К счастью, призрак осторожности тронул меня за руку, и мы отпрянули к стене, в густую тень, потому что внизу крепкие парни в кожаных куртках под руки вывели на помост фигуру, с головой покрытую белым чем-то – не то тюлем, не то кружевами... И вот этот-то бледный конус и излучал страх: фигура что-то беспрестанно бубнила, тихо, как бубнят больные, препираясь со своими шальными чертями. Но сколько уважения и почета было оказано этой фигуре! Меня поразило, что все склонили головы и поочередно стали подходить и становиться на колено, чтобы поцеловать трясущуюся одутловатую руку, полную вросших в мясо колец с пестрыми камнями: сердоликом, бирюзой, гранатом.

Мне стало страшно и Вере тоже – она сильней сжала мне пальцы; фигура ужасала еще и тем, что вызывала в памяти и всадника без головы, и матрону, почетную и беспомощную хозяйку какого-то порочного заведения, и портрет Блаватской в странной накидке – свадебной фате, – образ невесты, предназначенной неизвестно какому жениху; лучисто просвеченная насквозь мощной ртутной лампой позади нее, фигура эта безостановочно лепетала, трепетала, пришлепывала губами, а ей все кланялись. Мы смотрели сверху, и лица толком было не разглядеть. Но вот торжественно поднесли и вложили в ее правую руку высвобожденный из ножен кортик, в левую, двупалую клешню, вложили плечевые весы с бронзовыми тарелочками, а к ногам поставили школьный глобус;

она на минуту замолчала, но затем снова закачалась и затанцевала вокруг глобуса, залопотала. Стулья, на которых раньше сидели в каморке у Романа Николаевича старички, – а это были именно те стулья, перепутать было невозможно – теперь чем-то посыпали, кажется, зернами кукурузы, с шумом они летели из руки сеятеля, одного из стариков. Вдруг всполошились голуби, и несколько из них слетели вниз, но шарахнулись и, покружив, сели на нижних балках, уставились на россыпь бледно-желтых зерен и принялись моргать круглыми плоскими глазами.

Теперь на узкий дощатый помост один за другим вывели двоих парней, тоже в масках, сделали им знак, и они стали раздеваться... Один оказался лет восемнадцати, соломенная шевелюра, ни волоска на всем теле; он озяб и стал ежиться, одну ладонь сунул меж колен, другой поправил маску. Напротив него с достоинством уселся еще один голый, ладно скроенный, гладко выбритый в причинном месте, фигурой своей показавшийся мне знакомым. Один из фрачных стариков вынул из поднесенного ему футляра револьвер и, показав его на вытянутых руках всем присутствующим, навернул на

ствол взятый из того же футляра глушитель. Женщина в покрывале снова зажужжала, и перед ней учтиво склонился этот высокий старик, облик которого я мгновениями раньше тоже распознал, несмотря на маску, — по высокому лбу и манере держать на отлете руки.

Женщина что-то поискала в своих одеждах и сунула вперед руку, к которой склонился, сложив ладони, обтянутые белыми перчатками, Роман Николаевич. Он представил на всеобщее обозрение кусочек серебристого металла и, торжественно зарядив им револьвер, крутанул барабан. После чего шагнул в сторону и поднял вверх руки.

По этому знаку все эти фрачные старички кое-как опустились на колени и тоже подняли вверх руки, будто сдаваясь в плен.

Роман Николаевич громким речитативом торжественно произнес:

...эт иам пер моэниа клариор игнис
аудитур, пропиуск аэстус инцедиа волвит
О, Вентура! О, Нецесситас! нэ спернатис, диви,
акципитэ, гостиам мактатам, мизереамини актве
квискатис.

Остальные повторяли за Барином каждую строчку. Вера прижалась ко мне еще сильнее. Покусывая губу, с расширившимися от восторга зрачками, она смотрела вниз... Мы припали к краю обрыва, потеснив перепорхнувших голубей, начиная понемногу сознавать, что внизу происходит нечто, не предназначающееся ни для чьих глаз, по крайней мере для глаз живых.

Мы утратили чувство времени и очнулись, только когда всё было кончено... А в промежутке поместилось то, что вспоминается трассирующим пунктиром – подобно тому, как невозможно ясно запомнить все мысли, что пришли тебе в голову во время падения с высотного здания... Главная роль снова перешла к тетке в накидке, которая после латинского заклинания пришла в неистовство, начала приплясывать и покачиваться вокруг некоего центра, будто ограниченная невидимой привязью. При этом она выпевала, срываясь на хрипотцу, звуки, напоминающие клекот. Сквозь них время от времени прорывалась ясная фраза, одной из первых была: «Море, шторм, белые волны, далеко-далеко, до горизонта... На берегу дом, живут там военные, с женщинами, детьми. Ночью взрыв, дом переламывается пополам, большая могила...»

После каждой осмысленной фразы Роман Николаевич подступал к тому голому, что сейчас стрелялся, брал у него револьвер, раскручивал по локтю барабан и протягивал другому. Соломенный мальчик первый раз заколебался – взял, но хотел отдать обратно, однако ему настойчиво вложили оружие в руку, и он повиновался. После того как белобрысый парнишка отстрелялся, Ибица – а это был, вне всякого сомнения, он (его мушкетерские усики и бородка были редкостью тогда в Москве) – взял пистолет и поднял дуло, как будто делал это не однажды. «Соломенный» поначалу чуть вжимал голову, но поскольку выстрела раз за разом так и не раздавалось, то осмелел и решительней приставлял длинное дуло к виску; замирал на секунду и, услышав щелчок бойка, с болезненной усмешкой откидывал голову назад, под спинку стула с древнерусской резьбой с длиннохвостыми целующимися птицами. Ибица тоже спазматически вздрагивал и судорожно вдыхал, перехватывая дрожь озноба, но проделывал те же движения медленней, более заученно, без пауз и раздумий, механичней, не допуская драматичности. Время остановилось, не позволяя ни на мгновение отвлечься от того, что мы видели.

– Что они делают, а? – спросила Вера, вдруг выпрямляясь. – Мне надоело тут стоять, пошли.

Я зажал ей рот, она дернулась, но я успел перехватить ее поперек.

Вера зашипела:

– Какого черта? Я иду.

– Они там убивают, – прошипел я в самое ее ухо. – И нас убьют.

Со смесью недоверчивости и испуга во взгляде она припала на колено и вытянула шею.

Тетка в шали, которую я сначала принял за ту, что верховодила по Москве Белым братством, – выплясывала и бубнила в свете прожектора абракадабру: «...тиль-утиль уль-тима кума-кума кумаей винти-венти венит ям-ям-караям камни-камни карминис этас-эстас этас; магус-макус магнус аб-баобаб интер-минтер интегро сакло-саклорум настии-насти насцитур бордо-кордо ордо», – примерно так, сейчас я не способен это точно воспроизвести... «Ям-ям кредит-редит мильго-вирго, реус-редеунс сура-сатурния рена-регна, ям-ям нова гений-прогениес коала-каэло демеур-деметитур сальдо-сальто...»

И внезапно, как выскочившие из вертящегося барабана шары, вдруг последовало бесстрастное, будто объявление в метро: «Святой Крест, много женщин, роженицы, врачи, военные, белое, бородачи с автоматами, автобусы, куда-то едут, степь, степь».

– Делайте ставки, господа, – негромко и торжественно объявил Роман Николаевич.

Старики, сошедшиеся у стоящего подле помоста столика, зашуршали, зашептались и скоро затихли. Раздался голос:

– Ставки сделаны.

Роман Николаевич махнул рукой в перчатке.

Щелк. – Нажал курок белобрысый.

Щелк. – Нажал Ибица.

– Крепость Сухраб, – продолжила тетка. – Ай, не могу, отпустите меня, снова кровь... Снова кровь... много женщин, больше, больше, чем в Святом Кресте, много больше... Потом военные куда-то идут ночью, пули светятся в темноте...

Клац. – Белобрысый.

Клац. – Ибица.

Теперь абракадабры больше не было. Тетка будто проснулась. Одно за другим она выдавала предсказания. Будущее рождалось при щелчке курка, перерезавшего пуповину.

– Вижу большой пароход, на нем много людей... отпустите меня, пожалуйста... машины, люди с оружием, все волнуются, катера подплывают к кораблю...

Клац. – Ибица.

Белобрысый замешкался.

Клац.

Иллюминаты вокруг замерли, чуть раскачиваясь в сладострастном трансе.

– Я плюну сейчас на них, – вдруг сказала Вера и вопросительно-дерзко посмотрела на меня.

Этого я и боялся. Вера иногда вела себя непредсказуемо. Ее могло вдруг стошнить при виде чего-то возмутительного. Или могла укусить меня в плечо, если ей не нравилось что-то в моем поведении или в словах, и при этом она испытывала затруднения с выражением несогласия... Жест был для нее важнее слова. Я погрозил ей кулаком.

Тетка внизу продолжала шабашить:

– Метро... не могу понять, да, метро... Только где? В Москве или еще где, в каком городе? Да, Москва, поезд заходит в тоннель и вдруг: хлопок, разорвало вагон, пожар, лежат, лежат люди, мясо в клочья...

Клац. – Ибица.

Клац. – Белобрысый.

– Метро в Петербурге, вагон останавливается на станции, на полном ходу, люди выходят, заходят... взрыв, части тел, шквал, всё вылетает на платформу, желтый дым, люди на полу, тишина, дым...

И тут белобрысый вдруг хлюпнул и завалился набок. Чернотой наплыла рана у него на виске, над ним склонился один из тех, кто выводил его на помост, а тетка завыла тихонько-тихонько, запричитала жалобно. Ибица же оглядел всех и, поняв, что на него смотрят и тем самым требуют не останавливаться, ткнул стволом в висок.

Щелк.

Белобрысого стали запихивать в полиэтиленовый мешок из-под удобрений, на котором синей краской были нарисованы кучерявая капуста, свекла и морковь с ботвой и стояли буквы: СУПЕРФОСФАТ.

— Чего творят, — прошептала Вера, когда на какой-то миг голова мертвеца обернулась к нам и, казалось, посмотрела прямо в глаза. — Господи, чего творят...

«Соломенный» съехал с помоста, и по доскам, широко шагая, зашлепал еще один голый. С выпятившимся животом и сильными кривоватыми ногами, какие бывают у лыжников, он насупленно осмотрелся вокруг и чуть наклонился. Оглядев Ибицу, подбоченился и кивнул ему. Кассандра шагнула к новенькому и положила руки ему на голову. Новичок дернулся, но его вернули — подтянули под благословение. После чего, заняв свое место напротив Ибицы, он принял в руку заряженный револьвер.

— Крепость Налшык, автобус выезжает из нее, хлопок, окровавленные люди, части тел, — загремела прорицательница.

Роман Николаевич, сбившись из-за заминки с благословением и пропустивший объявление о ставках, с тревогой в голосе обратился к старикам:

— Вы сделали ставки, господа?

— Да, — отозвался кто-то.

– Постойте, – раздался хриплый возглас.

– Кто посмел задерживать раздачу? – возвысил голос Роман Николаевич, резко оборачиваясь.

– Простите, – прохрипел тот же голос. – Я не задерживал, я только уточнил ставку.

Роман Николаевич махнул рукой.

Щелк.

Щелк.

Новичок жал курок отупело, проворней Ибицы, который теперь заметно нервничал, особенно когда раскручивал барабан: он то вел его по всей длине локтя, то чиркал одним запястьем.

– Площадь, Москва, памятник стоит, Пушкин, Пушкину памятник, автобус идет, автобус? Нет, вижу транспорт какой-то, транспорт... ой, отпустите меня, отпустите... едет, окна большие, провода, хлопок, взрыв, стекла треснули, все стекла в крови, темно.

Щелк.

Щелк.

– Воронеж, черная сумка, черная сумка, что там? Голова? Свиная голова? Нос, нос свиньи вижу. Железнодорожный вокзал, толпа, подходит поезд, электричка, снова эта сумка, хлопок, люди лежат, кровь, снова кровь, мне все глаза залило.

Щелк.

Щелк.

– Кладбище, Москва, толпа, кресты, ограды, свежая могила, хлопок, земля летит, людей разбросало, кровь на глине.

Щелк.

Щелк.

– Армавир, железнодорожный вокзал, толпа, пирожки, вижу пирожки с картошкой, хлопок, все бегут, кричат, кричат раненые, кровь, кровь.

Щелк.

Щелк.

– Пятигорск, идет электричка, на гаражах у насыпи играют дети, прыгают с крыши на крышу, платформа, толпа загружается в вагоны, хлопок, кровь, кровь по стеклу, стекла выбиты...

Щелк.

Щелк.

– Поезд, скорый поезд, вагон-ресторан, что ли, вижу, люди сидят, «Москва – Петербург», едут, быстро едут, взрыв, вагоны катятся, валятся, кровь, кровь.

Щелк.

Щелк.

— Владикавказ, рынок, взрыв, много людей лежит... отпустите... много бегут, кровь, кровь.

Щелк.

Щелк.

— Москва, «Охотный Ряд», магазин, много людей... отпустите меня... что-то делают, не пойму, под землей почему-то, вдруг хлопок, дым, люди бегут.

Щелк.

Щелк.

— Темир-Хан-Шура, пятиэтажка, взрыв, плиты, арматура, большая могила, много дыму, дым, дым, ничего не вижу, — простонала Кассандра и пошарила сзади рукой, чтобы нащупать подставленный ей стул; села передохнуть, отдышаться. Чуть погодя закинула вверх голову и проревела:

— Ой, тяжело, матушка. Страшно, тяжко, ой, спаси и помилуй, заступница... Москва, дом стоит, ночь, взрыв, могила дымится, холм дымится, люди вокруг ходят...

Щелк.

Щелк.

– Еще дом, тоже в Москве, вздрагивает и рушится.

Щелк.

Щелк.

– Алхан-Юрт, грузовик, взрыв, лежат военные.

Щелк.

Щелк.

– Волгодонск, дом обваливается, все внутренности наружу, видны спальни, ковры, сервант...

Щелк.

Щелк.

– Новый Воронеж, вода, много воды, водохранилище, атомная электростанция, много людей с оружием, бой, взрывы.

Щелк.

И тут новичок хлюпнул.

Его стали паковать, после чего я услышал голос Барина:

– Господа, вынужден уведомить: это последняя колода на сегодня.

– Москва, проспект, машины, широкая дорога, – вдруг заревела Кассандра, раскачиваясь на стуле...

Барин замахал на нее руками:

———

— Хватит, матушка, хватит, ужо тебе...

Но та не слышала:

— А, а, тоска, тоскую, грудь жмет, а... Женщина высокая... с мужчиной, рабочим, стоит, они держат что-то, инструменты, что ли, мимо едет автобус, подпрыгивает и виляет, кровь черная по стеклам, все ослепли.

Барин махнул рукой и обратился к Ибице.

Тот поднес ко рту ствол и, прежде растянув губы в улыбке, плотно сомкнул их на глушителе.

Щелк.

Барин жречески поднял руки с развернутыми ладонями и постоял так минуту:

— На сегодня всё, — наконец объявил он. — Совершённые ставки обнуляются до последнего розыгрыша. Следующий начнётся с новых огласок. Прошу расходиться, соблюдая интервалы...

Внизу всё пришло в движение, засновали телохранители, что-то затрепетало, захлопало, скрипнули доски, с которых сдвинули стулья, чтобы протащить и упаковать тело крепыша. Ибица запрыгал на одной ноге, стараясь другой попасть в штанину джинсов, попал, натянул свитер и принял от Барина зажженную сигарету...

И тут погас свет. Облако его еще зелено тлело на сетчатке, вот заплясал внизу алый светлячок сигареты, но мы уже и так более ничего не увидели бы, ибо стиснули друг друга, впиваясь, кусая, зажимая друг другу рот ладонями, чтобы не закричать.

Прошла ночь, другая, на третье утро стало ясно, что надо срочно что-то предпринять, чтобы вновь ожил инстинкт самосохранения, сошедший на нет из-за истощения двух отравленных желанием тел. Мы снова были убеждены в неотвратимости гибели. Не понимаю, чем объяснить; знаю только, что в этом грубом слиянии – так слипаются два куска глины, если стукнуть один о другой, – смерть оказалась так близко, что мгновениями чудилось, будто мы уже ввалились в ее глазницу. Не было сил очнуться, вернуться к простым жестам, словам. Сутки напролет мы не могли вымолвить ни слова, вцепившись друг в друга среди простыней коснеющей хваткой.

...Я услышал, как разлиплись ее губы, и, глядя в потолок, Вера прошептала: «Если ты скажешь мне сейчас умереть, я умру... Если резать вены, то вдоль».

В те времена у меня в кошельке лежал конвертик из вощеной бумаги с бритвенным лезвием для очинки карандашей. Минуту я размышлял, не дотянуться ли до брюк и не достать ли этот гибкий кусочек металла, которым я привык снимать с кохиноровских карандашей пахучую стружку. И вот эта бесчувственность, проросшая в душу, вдруг обожгла пах, и я вскочил. Слова Веры были словами-убийцами, надо было спасаться, ибо тем временем воображение рисовало наши тела навзничь на бледной хлопковой равнине, по которой ало расплывались крылья, закрепленные ремешками порезов на наших запястьях.

Часа через два мы завтракали в «Джелтаранге» на Чистопрудном – коржиками и пряным кофе с гвоздикой. Согревшиеся и чуть пьяные от сытости и застыдившиеся самих себя, мы вышли на бульвар. Он показался непреодолимо широким – свет удваивался зеркалом пруда. Мне всегда нравилось сидеть здесь на лавке в сумерках и медитировать на отражения окон, фасадов, деревьев. Зажигались фонари, огни их расплывались световыми размятыми нитями, свет мерк, и сознание пригашалось. В этом созерцании виделось благо, ибо юность – это всегда битва тревожности против покоя, год идет за три, гормональные бури, грозовые шторма в жилах.

В бульварах отражается особая икона Москвы, точней, череда икон, выстроенная подковой, объемлющей город изобразительным пунктиром.В фокусе Бульварного кольца Москва еще сохраняет осмысленность. Сколько поэзии в этом срезе кольцевом – Никитский, Тверской, Страстной, Петровский, Рождественский, Покровский, у каждого свое лицо, составленное из фасадов, хребта аллеи; своя историческая драма. Вдоль Тверского некогда били из пушки. На Рождественском Бабель беседовал с босым Есениным и выдавал Эренбурга за своего сына. На Покровском левые эсеры устанавливали республику, арестовывали Дзержинского, владели почтой, телеграфом, бомбили из Милютинского сквера Кремль. На Никитском однажды в июне, захваченный любовным настроением, я ночевал, впитывая сквозь бессонницу тихий свет белых ночей...

Только на склоне Рождественского холма, озаренные горой воздуха, открывшейся над Трубной площадью, мы пришли в себя. И стыд поразил нас обоих, еще недавно убежденных, что смерть самое лучшее, что может произойти. Теперь же, на осеннем бульваре, над Москвой, вдруг захотелось жить.

Наконец мы оказались на Петровке – в кафе, где я иногда просиживал день напролет, читая Камю, поглядывая по сторонам, иногда знакомясь с компаниями хиппи, длинноволосыми парнями и девушками с лентами на лбу, колокольчиками и непальскими вязаными ленточками, приходивших со сквота в Крапивенском (подняться пожарной лестницей в разбитое окно третьего этажа кирпичного, мозаичной кладки купеческого дома). Вечером я шел в Каретный встречать Веру. В тот день ей нужно было подать о себе весточку после нескольких дней отсутствия; у общественной уборной напротив Петровки, 38, два пьяных обессиленно молотили друг друга. Они ерзали по подпорной стенке сада Эрмитаж – полной дымящейся осенней листвой огромной вазы. Каретный выдвинулся рядами холодных пыльных окон, в одном всегда был подсвечен аквариум с гуппи, полощущими обгрызенными хвостами; проходя мимо, я никого не заставал в том окне, хотя подолгу стоял под ним, глядя на параллелепипед с кусочком Амазонии, населенный райскими рыбками. Я подвел Веру к этому окну, она улыбнулась, мы вместе, будто дети, постояли перед аквариумом; шагнули дальше, и мальчишка на велосипеде, дребезжа звонком, разбил перед нами осколок неба в луже.

У дверей «Пламени» курил мрачный человек в военной форме, он увидел нас и оживился, потер желтым от табака ногтем наждак подбородка. Это был Сергеич.

– Вер, ты это... только не волнуйся. Отца забрали. Велел тебе поберечься... Привет... передавал... еще. Сказал, передай, чтоб не беспокоилась. Говорит, любит тебя.

Сергеич неловко протянул к ней руки, наверное, обнять, но Вера, приостановившись только на мгновение, скрылась за дверями. Я остался снаружи.

– Боевая девка, вся в отца, – пожал плечами ординарец.

– И что теперь? – спросил я.

– Если б не посадили, он водку до самой смерти бы кушал... Кто ж знает, может, так оно бы и лучше было.

Сергеич докурил и раздавил окурок носком ботинка; робко глянул на меня и тронул фуражку за околыш: «Пойду я?»

Я посмотрел ему вслед и двинулся за ним по уже утонувшему в сумерках переулку. Остановился перед окном с рыбками; у аквариума теперь сидел рыжий кот и умывался. Я развернулся и решительно вошел в подъезд. Потыкавшись по ступеням, пройдя через дымовую толщу курилки, я увидел Веру, сидящую за столом перед пишущей машинкой. Над ней склонялась женщина в толстой вязаной кофте, с зажатой между костяшками пальцев папиросой.

Плечи Веры вздрагивали.

Я развернулся, вышел, а через час стоял перед дверью, в глазке которой чуть стемнело; повернулся замок. На пороге стоял голый по пояс Ибица.

– Мне Романа Николаевича.

– Зачем?

– Надо.

– Пошел вон.

Я успел поставить ногу в щель между косяком и дверью. Теперь Ибица давил с другой стороны и бил плечом; я терпел.

– Кто там, милый? – послышался скрипучий голос Барина.

– Картошку по квартирам разносят.

– Если синеглазка, надо бы взять.

Тут я, почуяв слабину, навалился и опрокинул Ибицу в коридор. Еще через секунду я стоял на коленях перед Романом Николаевичем.

– Это еще что такое? – Барин полулежал в спальне в халате с развернутой газетой на коленях и разглядывал меня поверх очков.

– Не велите казнить, Роман Николаевич. Деньги нужны. Что хотите со мной делайте...

Сзади Ибица пятерней вцепился мне в волосы и поволок к двери.

– Оставь... – велел Барин.

Ибица бросил меня, а я снова подполз к кровати на коленях.

– Ты принимал сегодня ванну, мальчик? – негромко спросил Роман Николаевич. – Горячая вода распарит твои нервы. Дорогуша, – обратился он к Ибице, – не в службу, а в дружбу, организуй пареньку баньку.

...На рассвете, очнувшись от ударившей в грудь тревоги, я подскочил на постели, не соображая, где нахожусь. Липкий удушающий запах розового масла снова захватил мозг. Я вслушался в храп Романа Николаевича и, испугавшись того, что происшедшее со мной накануне снова захватывает мой разум, вышел из комнаты. Едва найдя в потемках кухню, стуча зубами о край стакана с водой, я попытался погасить долбившее мозг воспоминание о вчерашнем и всматривался с подоконника в уже разбавленные чернила ночи... Я поднес запястье к лицу, снова задохнулся парфюмерным запахом масла. Меня со стоном вытошнило в раковину.

Вчера, последний раз всхлипнув и рявкнув надо мной и освободив наконец мою шею от стальных своих пальцев душителя, Роман Николаевич отдышался и прохрипел:

— Ну, душа моя, теперь вижу, что денежки тебе и в самом деле нужны. Что ж, я дам тебе их заработать.

Через час я сидел в доме Пашкова на стуле перед таким же голым, как и я, рыжеволосым парнем в маске летучей мыши, грубо вырезанной ножницами из бархатной бумаги для аппликации.

— У нас есть игра, — объяснял мне по дороге Роман Николаевич. — В ней мы выигрываем будущее и проигрываем настоящее. Будущее, так сказать, разыгрывается нами по вексельным обязательствам. А проигрыш оформляется настоящим. Таков наш договор со случаем, с нашей богиней. Мы поклоняемся Ананке, слыхал о такой? Это богиня Необходимости, наивысшая богиня во всем пантеоне. Когда рушится такая империя, небеса раздвигают ложесна. Скоро парад планет, точка могучего разлома. Пока небеса открыты, можно многое успеть...

Не веря своим ушам, я ощущал, как моя печенка превращается в ледышку.

— Когда разворачивается вспять эпоха, когда на рынок выходят миллионы жизней, это не может пройти мимо крупных игроков. Последний раз так ложесна были разъяты в феврале 1917 года. И мы тогда кое-что успели. Отец мой служил секретарем у Маклакова, он решил часть ордена оставить на откуп и внедрение к красным... И, знаешь, славно они тогда поакушерствовали. Они вовремя перепрятали колчаковское золото, платину сохранили, и многое другое прибавили к заслугам Двенадцатого ордена... Теперь... Да и всегда мы были своего рода акушеры. Тяжкая работа! Кто еще способен принять рождающиеся беды, смерти, несчастья, погромы, войны, бунты, катастрофы? Страна погружается в пучину адскую, в горнило. Потонут атомные крейсера, теплоходы, попа́дают самолеты... Наркотики и алкоголь, безграмотность и злоба, алчность и бесчувственность захлестнут удавку на народной вые. Кто-то скажет про нас: олимпийцы! Нет, мы слуги, всего только слуги у обеденного стола Хроноса, на который подаются его собственные дети.

До меня трудно доходил смысл того, что мне говорили. Инстинктивно я решил, что имею дело с сумасшедшими. Но связанные с ними живые деньги в моем сознании оставались залогом разумности ситуации. Слово «пантеон» меня испугало больше, чем другие. Я понимал, что это какие-то языческие премудрости, игры объевшихся мажоров, но мне было всё равно.

— Служба твоя в нашей игре такова, что ты выступишь одной из двух колод, — продолжал Роман Николаевич. — Розыгрыши нынче проходят в Пашковом доме. За одну раздачу выплачивается две тысячи долларов. Игра ведется до двенадцати раздач. Или до растраты всех колод. В зависимости, что наступит раньше. Годится?

Я кивнул.

* * *

Теперь мне было не столько страшно, сколько холодно и противно, потому что от рыжего исходил запах пота, при такой-то холодрыге. Прежде чем нас усадили, насыпали гороха и кукурузы на подиум и кресла. Сверху слетели голуби, но сесть кормиться не рискнули – захлопали, зависли, обронили помет и уселись на стропилах, загудели. Меня усадили прямо на горох, я поерзал. Роман Николаевич вдруг грохнулся предо мной на колени и завыл басом: «Прими, Ананке, жертву нынешнюю за жертвы будущего». То же он проделал, когда вывели моего напарника. После вывели тетку в занавеске, и она, установив глобус и повесив на плечо кортик, будто слепая поводя руками в воздухе, рукоположила нас влажными трясущимися ладонями.

Я сижу спокойно и смотрю на свои косточки на кулаках, положенных на колени. Но, искоса бросая взгляд, вижу, как рыжий, вытягивая шею, пялится на то, как Барин проводит револьвер по рукаву, и вытягивает голову, когда он его подает... Я вдыхаю и выдыхаю животом, стараясь унять сердцебиение. А сердце колотится так гулко, что, мне кажется, его слышат и другие. Меня беспокоит безымянность рыжего. Наша безымянность друг для друга говорит о том, что мы на самом деле значим для тех, кто нас сюда усадил: мы для них пустое место. Да мы и для себя не много значим. В эти кресла садятся ради смерти, а не выигрыша, и страх – не самое сильное чувство, что брезжит в мозгу, в который уперт ствол револьвера...

Я явно спокойней рыжего, и мне это нравится. Нагретая рукоятка с костяной вкладкой приятна окоченевшим пальцам, а указательный не чувствует курка. Это очень хорошо, ибо боек стучит непредсказуемо. Непредсказуемо и оглушительно, гораздо громче, чем у рыжего. И не только потому, что расстояние ближе: звук передается по металлу ствола в кость черепа.

В этот раз мне удается разглядеть игроков получше. Это строгие люди во фраках и смокингах, все в одинаковых темных массивных очках, которые я в прошлый раз принял за маски. Но как можно было ошибиться? А где еще я так много видел в жизни людей в темных очках в прохладный вечер сентября? А в масках видел: в оперетте, в детстве, и очень смеялся, помню, там что-то было про собаку, про Альму: так звали любовницу, о которой проговорился опереточный неверный муж и сказал, что Альма – это его собака. Да, определенно, Альма? Которая сдохла Гектором. Какое странное имя. Все эти Альбины, Альмы, альма-матер, альбиносы... вот эта «аль» внушает тревогу... Так всегда со словами, слогами, буквами – никогда не знаешь, чего от них ждать. Мне с детства казалось, что буквы, слоги – это такие таблетки, если их положить под язык, они тебя изменят, они вселятся в тебя и сделают тобой свое дело. А кто хочет превратиться в букву? Кому понравится идти по улице и вдруг осознать, что он, скажем, «А». И хорошо, если прописная... Но сейчас было б хорошо превратиться в букву. В букву «Я». Вот это и воображаю. Буквой сейчас быть менее страшно, чем колодой. У колоды страха хоть отбавляй. Его у меня столько, что я уже ничего не чувствую. Вот и руки замерзли, пальцы не гнутся. Издали я видел, как дядьки принимали очки с подноса, которым обносили вокруг подиума, уже пылающего шеренгой прожекторов. Мне тоже предложили нацепить их, но я не захотел и теперь за стеной света ничего не вижу. Оно и к лучшему. Смерти полагается много света. Как там говорится, на миру и смерть красна?

Игроки о чем-то переговариваются, они, наверное, и не смотрят на меня и на рыжего, они делают ставки. Баба та под тюлем бесформенно колышется: расплывшаяся, как вареный пельмень, фигура. Живот в обтяжку, но видно, что ее прихорашивали, припудривали, и кружевные перчатки на ней чистенькие, воротник, тоже кружевной, накрахмален. Вся она сокрыта – завесью, вуалью, но проступают оплывшие черты лица. Прикрыв глаза, она раскачивается туда и обратно, выборматывая свои речения. Глобус звонко стучит, когда она случайно пинает его ногой, опрокидывает и бряцает кортиком, нагнувшись поднять.

Поначалу я не мог понять, как ее слушать. Она издавала хор, целую толпу речевых персонажей. То взвизгнет, то застонет, то басом гаркнет, то нормальным голосом скажет. Но составляющая нормальности пугала более всего. Я сначала подумал, что с ней кто-то разговаривает, но ясно стало, что это она сама с собой на разные голоса. Причем в этом собрании не было связи, это была толпа одновременно говорящих единиц. Как только я понял это, мне стало еще страшней, и я окончательно превратился в букву – почувствовал, как костенею, как превращаюсь в этажерку линий, будто от меня, как от того дирижабля, остался только неуничтожимый каркас.

Роман Николаевич, торжественно распоряжавшийся здесь всем на свете, называл эту тетку пророчицей. Когда велел ее вывести откуда-то из подсобной комнаты, так и сказал: «Приведите пророчицу Евгению». Тетенька заторопилась, поддерживаемая под локоть, на ходу одернула платье, споткнулась, затопала каблуками... От нее несло нафталином и «Красной Москвой». Я маме в детстве на 8 Марта однажды подарил эти духи, но они ей не нравились, а я иногда подносил их пробкой к носу, чтобы научиться различать парфюмерные запахи...

Игроки негромко сообщали ставки, Барин вел себя как дирижер немого оркестра. Он взмахивал руками, ткал что-то в воздухе, словно стоял не над ломберным столиком, на сукне которого писались ставки, а за пультом. Каждый розыгрыш происходил после отмашки, что ставки завершены. По периметру залы в полумраке стояли учтивые уполномоченные, выступавшие на свет, когда нужно было вмешаться в происходящее. Одетые в водолазки под пиджак, все они обладали лицами нехорошего, непроницаемого склада, какие я видел в первом отделе своего института, охранявшем секретность нашей военной кафедры. Несколько игроков поправляли слуховые аппараты и хрипло и невнятно переговаривались; кто-то держал в зубах сигару и в тряских пальцах ножку бокала с коньяком, кто-то курил трубку, распространяя сладковатый запах вишневого табака. За длинным столом сидели три человека, что-то вроде комиссии, следившей за точностью исполнения розыгрыша; иногда Роман Николаевич подходил к ним о чем-то посоветоваться. Сам Барин во время игры сиял и был воплощенной любезностью. Его бриллиантовые запонки иногда прорезывали искрой мой хрусталик. Особенный блеск в глазах, улыбка и гладкость лица делали его неприятным. Каждому новому человеку-колоде он протягивал два пальца для пожатия и величественно указывал на его кресло.

Я не помню, когда сбился со счета, — сколько раз нажал курок. После того как оттащили рыжего, привели трясущегося толстяка. Мы с ним оба уста-

вились на ползущую по полу голову, чьи распахнутые светлые глаза дико смотрели в никуда. И тут
толстяк простонал и заскрипел зубами.

– Орджоникидзе, рынок, взрыв, очень много
людей лежит, кровь, рассыпанные беляши, яблоки,
кровь.

Щелк.

Щелк.

– Гурьяново, дом, взрыв, могила дымится.

Щелк.

Щелк.

– Каширская дорога, Москва, дом вздрагивает
и осыпается.

Щелк.

Щелк.

– Аргун, грузовик, взрыв, лежат военные.

Щелк.

Щелк.

– Опять Орджоникидзе, рынок, взрыв, люди
в крови.

Щелк.

Щелк.

– Невинномысск, горком, взрыв, люди лежат.

Щелк.

Щелк.

– Опять Невинномысск... ай, болит, голова болит, ничего не вижу, Казачий рынок, взрыв, люди лежат.

Щелк.

Щелк.

– Пятигорск, железнодорожный вокзал, два взрыва на разных платформах, люди лежат.

Щелк.

Щелк.

– Пятигорск проклятый, – Красная Москва схватилась за грудь и закачалась, захрипела, – рынок, а-а-а, взрываются два автомобиля, люди лежат.

Щелк.

Щелк.

– Кировское водохранилище, – взвизгнула пророчица, – пароход тонет, опрокидывается, трупы висят на спасжилетах под потолком в затопленных каютах.

Щелк.

Щелк.

– Еще вода... Северное море, нет... Баренцево, люди задыхаются в корабле...

Щелк.

Щелк.

– Пермь, ночь, самолет переворачивается через крыло, пролетает над крышами, отпустите, взрывается, обгоревшие тела в креслах, пристегнутые.

Щелк.

Щелк.

– Станица Кущевская, зарезанные дети, люди, много людей лежат по всему дому.

Щелк.

Щелк.

– Тула, убитые женщины и дети, пять тел сложены в ванной.

Щелк.

Щелк.

– Минеральные Воды, рынок, взрывается машина, два десятка убитых.

Щелк.

Щелк.

– Астрахань, рынок, взрыв, трое убиты, сорок раненых.

Щелк.

Щелк.

– Орджоникидзе, рынок, взрыв, девять убитых.

Щелк.

Щелк.

— Москва, концертный зал, все задыхаются, стрельба, сотня трупов.

Щелк.

Щелк.

— Отпустите... Грозный, грузовик взлетает на воздух, в кабине мужчина и двое детей, 72 трупа, двести раненых.

Щелк.

Щелк.

— Москва, теплоход на реке, пристань под Воробьевыми горами, множество народу в очереди на причал, взрыв, теплоход разорвало, люди вповалку, вещи в реке...

Щелк.

Хлюп.

Кассандра называла подлинные события, те, что потом ворвутся в мир с экранов новостных выпусков и телетайпов. Лишь те предсказания, что искупались выстрелом, не находили своей кровавой реальности в будущем.

После толстяка напротив меня уселся краснощекий долговязый парень, лицо которого успело показаться мне знакомым. Он надел очки и попробовал мне улыбнуться.

Время замерло давно. В странном отупении я сидел перед приплясывавшей бубнящей теткой, которая наконец принялась выкрикивать: «Пушкинская площадь, Москва, подземный переход, взрыв, валит дым, люди лежат в крови, бегут оборванные, в крови». Или: «Горы, горы, потом, поселок, Алхан-Юрт, грузовик, взрыв, лежат военные».

Я жал курок уже без чувств, без воли. Щелк. Иногда только присматривался к тому, как напарник принимал боек в висок. Щелк.

И вдруг я снова услышал сладковатый запах, такой же, как услыхал, когда из башки рыжего брызнула кашица и костяные розовые пластинки оказались у меня на колене.

На сегодня аллес. Всё заканчивается мгновенно, быстрей, чем началось. Безмолвно, четко, словно при смене действий в театре вертится колесо на сцене и провожает за кулисы комнату с интерьером. Поднимал меня Ибица, склабясь в темноте жемчужным оскалом. Ему кто-то помогал, я не мог встать, ноги не держали, разогнуться я тоже не был способен. Мне стукнули в грудину кулаком и плеснули нашатырем под нос. Сунули в руки одежду и после – сверток, с которым я и оказался в темноте Старо-Ваганьковского переулка. За оградой лаяла сторожевая собака.

Не понимая, что со мной произошло, я еле передвигал ноги, но ковылял изо всех сил, оглядываясь, стараясь поскорей удалиться от проклятого места, где мне только что грозила смертельная опасность. Я прислушивался к себе, ощущая, как сквозь подушку контузии пробивается чувство счастья: сохраненная жизнь сипло пела «аллилуйя». Я вышел на Воздвиженский пригорок и застыл перед подъемом на Каменный мост, настолько ощущая себя в нереальности, что проще было бы согласиться, что я внутри трехрублевой купюры, с обратным видом на этот государственный пейзаж. Мне так и показалось...

Податься было некуда, электрички уже не ходили, и я доковылял до Стромынки. Перепуганный Пашка открыл мне дверь, проводил на кухню, поставил чайник и сел передо мной. Меня стало трясти. Кофейная чашка коньяка распустила внутри пружину, и я разревелся. Успокоился немного, достал сверток и разорвал оберточный пергамент. Замусоленные полтинники и двадцатки высыпались на стол. Я никогда не видел столько денег.

– Откуда? – выдохнул Пашка.

Я снова заревел.

– Ты убил кого-то?

Я замотал головой.

– Украл?

– Заработал, – прохрипел я. И мало-помалу, сбиваясь и не веря своим собственным словам, рассказал, что произошло...

– Ну, ты попал! – восхищенно заключил Пашка.

Я сосчитал деньги.

– Мало, – заключил я. – Нужно раза в три больше.

– Куда больше? Жадность фраера сгубила... – удивился Пашка.

– Нужна тридцатка, – сказал я, по-хозяйски собирая со стола и подравнивая в пачку деньги. – Буду еще играть.

– Ты спятил. Два раза в одну воронку снаряд не попадает. Закон больших чисел забыл? Выиграл – беги.

– Мне всё равно. Сыграю. Надо только придумать, как играть. Как странно, как страшно, что я выжил! Будто время остановилось. Словно я оказался в мертвой точке, и как бы я ни нажимал курок – всё мимо. Если б мне дали монету – она у меня сто раз подряд легла бы решкой. Я чувствую, меня несет по воздуху и надо играть. Но нужно как-то удержаться в полете, остаться на крыле.

– О! – вдруг воскликнул Пашка. – Это, конечно, бред, но всё равно...

– Говори, – я плеснул себе еще коньяку.

– Читал в детстве альманах «Вокруг света»? В одном из номеров рассказывалось о странном африканском племени. Жило это племя на берегу Конго. Молились какому-то речному богу. Некой огромной рыбе, которую никто не видел, но которую все боялись. Она быка могла в воду утащить.

– Крокодил?

– Нет, рыба. Но не суть. Главное, как они на войну ходили. Они всё время враждовали с соседними племенами, брали щиты и копья и шли кого-нибудь проткнуть, взять в плен. А перед походом делали вот что. Углублялись в затоки и вылавливали корзинами рыбку – макропода. Это особенная рыбка, лабиринтовая. У нее, кроме жабр, есть ла-биринт – специальный дыхательный орган, позво-ляющий дышать ртом. Поэтому макроподы живу-чие – могут существовать в почти высохшем боло-те, в иле, в грязи, дожидаясь по-ловодья.

– А покороче?

– Уже и сказке конец. Воины этого племени брали каждый по рыбке и засовывали себе за щеку. Так и шли с живой рыбкой во рту. Они верили, что если им суждено погибнуть, то эту участь возьмет на себя другое живое существо – рыбка.

– Бред какой-то. Язычество.

– А ты как хотел? С волками жить...

– А где взять такую рыбку? В Африке?

– Теперь самое интересное. В любом зоомага-зине. Три рубля за особь.

Запьяневший, раскрасневшийся от внезапного жара, я уже валился в сон и едва мог шевелить язы-ком. Я еле воспринимал слова Павла, и странно, что я вообще запомнил их.

На следующий день я приехал в Султановку. Сошел с платформы и замер, прислушиваясь, как за спиной стихает гудящий звук удаляющейся электрички.

———

Александр Иличевский

Шуршали листья под ногами, ворона закаркала в кронах деревьев пристанционного парка. Я медленно брел в поселок, пересекая пожухший луг, который продолжался полем и шел к горизонту через лес широкой просекой, над которой медленно скользил по посадочной глиссаде чуть дымящий аэробус. Унылый лес, унылые поля были полны печальной желтизны и воздуха, просвеченного рассеянным светом, текущим по облетевшим ветвям печальных крон...

Вера еще спала, утопая в перине. Я встал на колени, чтобы поцеловать ее волосы, разметавшиеся по подушке. Обжегся желанием и вышел на веранду.

Пустой дом был выстужен и глух. Я слышал возню мышей, на зиму перебиравшихся из сада в подпол. Вдруг наверху скрипнули половицы, как будто там кто-то осторожно прошелся от стены к окну... Дом молчал и потрескивал, вздыхая в дымоходе осыпающейся сажей. Я бросил сверток с деньгами на стол, за которым летом мы играли в карты, и стал смотреть на лиловое зеркало пруда, в котором ползла надвигающаяся туча.

С деревьев слетали в безветрии листья. Ворона спланировала на березу и от скуки стала раскачиваться на гибкой ветви, перемещаясь по ней от ствола к краю и обратно...

Я затопил камин. Вера проснулась от треска пламени и долго смотрела на огонь из постели, не говоря ни слова.

Мы позавтракали тем, что я привез с собой: сардинами, бородинским хлебом, сыром и дыней.

Она всё молчала, только иногда взглядывала на меня.

От ее взгляда я внутренне сжимался.

Мы сидели друг напротив друга за столом, две сороки оглушительно трещали и перелетали с яблони на яблоню.

Вера ссутулилась, втянула голову в плечи и, глядя в пол, произнесла:

– Я залетела.

Я ничего не понял.

– Куда залетела?

– Беременная я, – сказала она с раздражением.

Я онемел от счастья и испуга. Бросился целовать, притягивал к своей щеке ее руки, гладил ее лоно, целовал колени и не замечал ее холодности.

Она вырвалась и встала к окну.

– Я не хочу ребенка.

– Как не хочешь? – обомлел я.

– Ну, зачем мне... двое детей?

– Я второй?..

Вера отвернулась.

Я не мог поверить тому, что услышал.

У меня навернулись на глазах слезы.

– Ты только подумай – ведь мальчик или девочка?.. Если мальчик – Алешкой назовем, как отца моего. Или – хочешь, как твоего... А девочку – Аленкой...

– Аленкой... Половина Москвы Аленок.

– Хорошо. Не хочешь – не надо Аленкой... Мне имя Лада нравится.

– Лада?

– Помнишь песню? «Хмуриться не надо, Лада...»

– Не помню.

– Верка, родная, какое счастье, что у нас родится детеныш...

– Ты ребенок, – отвернувшись, сказала Вера. – Ты большой ребенок.

– Ну, и пусть, пусть... – я снова стал перед ней на колени, прижал ее к себе. – Но ведь мир не только взрослым принадлежит...

* * *

Остаток дня Вера молчала, на глазах иногда появлялись слезы, но она продолжала молчать.

Я снова топил камин, ходил на пруд, смотрел, как на воду тихо ложатся янтарные листья, как от моросящего дождя дрожит поверхность воды, как становится матовой, когда он припускает. Там и здесь на опушках повылезшие вдруг кротовые холмики, тропинки затянуты паучьими тенетами, уже траченными ветром.

Странное счастье владело мной. Мысль о том, что у меня родится ребенок, то разгоралась, то присмиряла свой накал, но не гасла. Я был счастлив на глубинном, природном, сокровенно-животном, что ли, уровне – вопреки унынию Веры и словам ее. Осознание того, что гены моего существа дали всходы в возлюбленной утробе, в возлюбленном теле и, вероятно, душе, – горело в моем сердце.

Когда я вернулся в дом, взбешенная чем-то, Вера металась по комнатам, срывала шторы, собирала и разбрасывала вещи, звонила кому-то, говорила в чрезвычайном возбуждении за закрытой дверью. Тем временем я наколол щепы и снова растопил камин.

– Гренки тебе поджарить? – спросил я ее, когда она вошла с телефоном в руках, таща за собой шнур.

– Гренки?.. – переспросила рассеянно Вера. И добавила, подумав: – Слушай, Петя, можно тебя попросить? Я хочу побыть одна.

– Но мы же давно не виделись?

– Я говорю тебе, мне нужно остаться одной.

Я встал, вышел на веранду, взял сверток с деньгами, вернулся, разорвал бумагу, швырнул на пол.

– Что это, – спросила Вера. – Где ты взял?

– Где взял, там уже нету. Двенадцать тысяч, пересчитай.

На следующий день мы с Верой приехали на «Китай-город» и поднялись к Покровскому бульвару. Здесь в переулке стоял дом, во дворе которого на гараже над лесенкой высилась голубятня. Гладкий полный старик сидел перед рыжей лужей рассыпанной пшенки. Он водил по ней палкой, разгребая; по краям ее кормились белоснежные и бежевые почтари – в штанишках и кудрях из перышек.

– Копыловы здесь живут? – спросила его Вера.

– Ну, мы Копыловы, – отвечал старик, чуть разлепив щурившиеся на низкое солнце глазки.

– Варвара Михайловна нам нужна, – уточнил я.

– Тебе нужна?

– Нам.

– Один туда пройди. – Старик показал палкой на спуск в полуподвал, прикрытый развешанными на веревках простынями.

– Мы вместе пойдем, – сказал я.

– Идите, коли не шутите, – отвернулся старик.

Мы спустились вниз. Из-за обитой дерматином, в порезах, дверью взметнулся клуб пара. В конце коридора мы попали на кухню, где увидали в пару́ печь, на ней выварку, а над вываркой огромную женщину на табурете, с палкой, которой она ворочала кипятящееся белье.

Где-то громко выпевало радио: «Тореадор, смелее! Тореадор, тореадор!»

– Здравствуйте!

Тетка оглядела нас, неотрывно помешивая. Из запотевших окон еле просачивался свет.

– Мы деньги принесли, – сказал я.

Тетка продолжала мешать, сверху вниз осматривая Веру.

Радио заключило: «И ждет тебя любовь».

– Туда положи, – кивнула тетка на комод под ходиками, с циферблата которых кошечка поводила глазками вслед за трескучим маятником.

– Пересчитывать будете? – спросил я, стараясь придать голосу солидный оттенок. Тетка продолжала ворочать палкой в выварке.

Мы вышли во двор. Я вытер со лба испарину. Несколько голубей сидели теперь на старике, развалившемся на стуле, – на его плечах, локтях, коленях. Старик блаженно улыбался. Голуби гулко ворковали.

Дня через три, после передачи последней взятки, генерала выпустили под подписку о невыезде.

Привезли его отчего-то ночью, утром мы проснулись, вдруг слышим – наверху кто-то возится, поднялись, а он стоит в кальсонах на подоконнике в своей комнате, скрипит газетой по стеклам, шпателем вправляет оконную замазку, прокладывает ватой рамы – готовит дом к зиме. Я стал ему помогать. Еще два дня мы прожили с тихим счастьем, генерал вытащил кресло-качалку во двор, устланный по щиколотку ковром из опавших листьев.

Перед креслом он установил на табурете телевизор и, поправляя зонтиком ободок антенны, стал смотреть заседания Верховного совета. Но скоро рядом с ним появился ящик портвейна.

Вера подошла к отцу, стала перед ним на колени.

У генерала затрясся подбородок. Мы хотели уйти, но он сделал жест, чтобы мы остались. Он произнес, медленно, еле слышно:

— На Камчатке я убил своего первого... медведя. Снял с него шкуру. Гляжу — и перепугался: лежит передо мной свежеванный человек. Человек, понимаешь... — Генерал пожевал сухими потрескавшимися губами. — Натурально человек, такой корявый неандерталец, что ли. Я тогда всю ночь не спал. И после мяса его не ел. А эти, сослуживцы мои, за милую душу рубали, рубали...

Наконец генерал отключился, и мы, еле-еле справляясь вдвоем, втащили его по лестнице в спальню.

Положили под лосиные рога, навзничь. Его рот был открыт, оттуда гремел храп.

Вечером я сварил сгущенное молоко, но не остудил, как следует, и половина банки вылетела в потолок, когда я проткнул крышку консервным ножом.

———

Стерев с потолка сгущенку, я слез со стремянки. Сели пить чай.

– Нужно еще восемнадцать, чтобы перевести его статус в свидетельский, – сказала Вера и закусила губу.

На следующее утро я был у Романа Николаевича.

После весь день шатался по городу и вечером перед закрытием пришел на Арбат. В зоомагазине выбил чек и подошел к продавцу у аквариумов:

– Макропода, пожалуйста. Который поживее.

– Банку давай, – сказал продавец с мокрым сачком в руке.

– Вот, – я протянул распечатанный презерватив. – Сюда его.

Поддув и завязав резинку, я посмотрел на забившуюся перистую рыбку и опустил ее в карман пиджака.

Как смерклось – прошел перед Пашковым домом, напрыгивающим с холма на Кремль, и встал в переулке, чтобы дождаться, когда навстречу выплывет «чайка». На входе меня осветили с головы до ног фонариком, облапали и подвели ко мне собаку. Я слабо чувствовал, как макропод тычется мне в ребро.

———

Меня завели, как в прошлый раз, в темную комнату. Я начал раздеваться. И вдруг застыл. В комнате кто-то был и напряженно молчал.

– Кто здесь?

– Я.

– Кто «я»?

– Игрок.

– А... Я тоже... Игрок? Ты стрелок-колода. Это они игроки. Мы так – расходный материал.

Человек ничего не ответил, только вздохнул.

– Холодно... – произнес голос нерешительно.

Я замер.

– Там будет еще холодней... – отозвался я, разорвал зубами презерватив, облился и засунул в рот затрепыхавшуюся рыбку.

Дверь открылась.

– Стрелки́, на выход.

Вторым стрелком оказался рослый, прекрасно сложенный человек с заплывшими от синяков глазами. Он ежился и семенил, зажимая ладонями пах. Что-то мне показалось в нем странным. Потом, когда я смотрел на него – лежащего навзничь с аккуратной точкой в виске, я понял: на его теле не было ни единого волоска...

———

Роман Николаевич обернулся к нам и, приветливо улыбнувшись, дал пройти к креслам.

Красная Москва в этот раз была не в себе. Ее мотало из стороны в сторону, и голос звучал глуше, будто она чревовещала.

— Отпустите, отпустите, дяденьки...

Барин одернул ее:

— Евгения, возьмите себя в руки, сосредоточьтесь.

— Отпустите... Станица Наурская, грузовик взрывается, шестьдесят трупов, две сотни раненых.

Щелк.

Щелк.

— Илисхан-Юрт, мечеть, два взрыва, тридцать трупов, полторы сотни раненых.

Щелк.

Щелк.

— Саратов, отпустите... 9 Мая, противопехотная мина под трибуной, семьдесят четыре трупа.

Щелк.

Напарник мой всхлипнул и повалился на пол.

Рыбка затрепетала, я едва сдержал ее под щекой.

Пока раздевали и выводили следующего, ко мне придвинулся Ибица и сказал негромко.

— Живучая ты скотинка. Сдохни!

Я уже не видел и не слышал того, что происходит вокруг.

— Моздок, взрыв в автобусе, девятнадцать трупов.

Щелк.

Щелк.

— Москва, Тушино, концерт, взрыв, шестнадцать трупов, полсотни раненых.

Щелк.

Щелк.

— Моздок, госпиталь, взрыв, полсотни трупов, полсотни раненых.

Щелк.

Щелк.

— Ессентуки, взрыв в электричке, сорок четыре трупа.

Щелк.

Рыбка задергалась.

Щелк.

— Москва, «Националь», взрыв, шесть трупов.

Щелк.

Стрелок завалился.

———

* * *

Ибица разделся и уселся напротив меня.

– Отпустите... – взревела Красная Москва.

Барин шагнул к ней, она попятилась.

– Не надо, – заскулила прорицательница.

Роман Николаевич встал на прежнее место.

– Москва, метро, «Павелецкая», взрыв, сорок два трупа, две с половиной сотни раненых.

Щелк.

Щелк.

– Тульская область, взрыв самолета, сорок два трупа.

Щелк.

Щелк.

– Ростовская область, взрыв самолета, сорок восемь трупов.

Лицо Ибицы задрожало и сморщилось.

Щелк.

Щелк.

– Москва, метро «Рижская», взрыв, десять трупов, полсотни раненых.

Щелк.

Щелк.

– Нальчик, карательный отряд, сотня трупов.

Щелк.

Щелк.

– Али-Юрт, ночь, люди идут по дорогам, стреляют, каратели, трупы.

Щелк.

Щелк.

– Москва, Черкизовский рынок, тринадцать трупов, полсотни раненых.

Щелк.

Щелк.

– Орджоникидзе, взрыв в маршрутном такси, тринадцать трупов.

Щелк.

Щелк.

– Назрань, взрыв, двадцать трупов, полторы сотни раненых.

Щелк.

Щелк.

– Кизляр, вокзал, двенадцать трупов, два десятка раненых.

Щелк.

Щелк.

– Сергокалин, вышка, взрыв, восемь трупов.

Щелк.

Щелк.

– Орджоникидзе, рынок, взрыв машины, семнадцать трупов, полторы сотни раненых.

Щелк.

Щелк.

– Пятигорск, кафе, взрыв, четыре трупа.

Щелк.

Ибица чмокнул и рухнул.

Роман Николаевич встал на колени, склонился над ним. Закрыл ему глаза, встал.

Только выйдя в переулок и снова потрогав за пазухой сверток с деньгами, я выплюнул почти переставшего шевелиться макропода.

В Султановке я Веры не застал. Уже по дороге крепко выпил и не стал сопротивляться, когда генерал налил мне стопку.

Вера вернулась в третьем часу.

Когда увидела нас обоих за столом, сверкнула глазами, схватила и унесла бутылку. Вернулась.

– Ты как добралась? – спросил я.

– На такси.

– Не езди в такси так поздно, пожалуйста.

– Тебе-то что?

– Правда, Верунчик, мы беспокоимся, – очнулся генерал, дремавший, свесив голову на грудь.

– Беспокоитесь? Не надо обо мне беспокоиться, я сама о себе побеспокоюсь.

– Нет, родная, – сказал я, – теперь ты не только за себя отвечаешь. Теперь нас трое, любимая...

И тут Вера взорвалась, слезы брызнули у нее из глаз, и она кинулась наверх, в свою комнату.

Там я ее и нашел, лежащей на постели, содрогающейся от рыданий.

– Вер, а Вер, – сказал я, садясь рядом. – Смотри, что я принес. – И положил ей на руку пачку денег.

Она оторвала мокрое лицо от подушки.

– Да пошел ты, – она ударила меня по руке, и деньги густо рассыпались по полу.

Я вернулся к генералу и один допил бутылку.

Очнулся я уже среди бела дня и долго не решался открыть глаза от раскалывающей голову боли. Но собрался, поднял себя и, не одеваясь, пошел в парк. Там я упал в пруд, забарахтался и выскочил из него по колено в иле.

Стуча зубами от холода, я поскакал в дом. Генерал сидел на крыльце в кресле-качалке. Он поднес

мне стаканчик портвейна и бутерброд. Опохме-
лившись на ходу и кое-как отерев о траву ноги,
я залез под душ. Когда вышел, встретил Веру в кух-
не, она наливала себе чай.

— Завтра мне будет нужна твоя помощь, — сказала она.

— Хорошо, любимая. Что за дело?

— Мне в больницу надо. Отвезешь, заберешь
вещи, потом привезешь обратно.

— А что случилось?

— Это по женской части, — сказала Вера.

— Как скажешь, — подошел я к ней и припал губами к ее руке, решив, что в неведомом женском
мире в случае беременности полагается регулярно
наблюдаться у врача.

— Завтра с утра, — сказала Вера, когда я, прежде
чем бежать на станцию, пришел к ней попрощаться.

Макроподов в аквариуме оставалось только два,
и выбирать долго не пришлось — я взял того, что
казался крупнее.

Стрелки в тот день не задались. Все были мел-
кие фактурой и трусливые, тревожные: трясло их
крупной и мелкой дрожью. Особенно бритоголо-

вого парня с выпуклой грудной клеткой и толстыми губами, которыми он ловил воздух при каждом
нажатии курка. Этот соскочил быстро и как-то
странно – никто так высоко не подпрыгивал, его
будто током ударило. И коротконогий тоже отва-
лил легко, земля ему пухом, только ойкнул и всё,
обмяк и откинулся на спинку.

Против меня вышел лысоватый мужик, старше
остальных, с темными мешками под глазами. И тут
я занервничал, ибо в глазах его совсем не было
страха, только мрачная усталость. На меня он посмотрел без интереса.

Я прижал языком макропода – рыбка дернулась; я чуть успокоился, потому что мне уже стало
казаться, что он там, за щекой, неживой. И тут началось главное:

– Москва, аэропорт «Домодедово», тридцать
семь трупов, полторы сотни раненых, – взвыла
Красная Москва.

Щелк.

Щелк.

– Эльбрус, карательный отряд, двенадцать
трупов.

Щелк.

Щелк.

Поначалу стрелок жал курок с ожесточенностью, но скоро успокоился. Стал посматривать на Красную Москву, которая в этот раз была совсем не здесь, а где-то на своем персональном шабаше...

Роман Николаевич дирижировал игроками как-то более нервно, чем обычно, видимо, ставки на меня давно уже зашкалили. Он тщательней проверял закладку патронов, жестче прокатывал барабан. Я жал макропода, мне казалось, что он отключился, и от рыбьего вкуса меня подташнивало.

— Нелидово, крушение скорого поезда, сорок трупов.

Щелк.

Щелк.

— Литвиново, электричка, крушение, восемнадцать трупов, полсотни раненых.

Щелк.

Щелк.

— Батайск, тепловоз врезается в школьный автобус, девятнадцать трупов.

Щелк.

Щелк.

— Угловка, крушение скорого поезда, двадцать восемь трупов, сотня раненых.

Щелк.

Щелк.

– «Пулково», самолет разбивается при посадке, тринадцать трупов.

Щелк.

Щелк.

– Ленск, самолет бьется в гору, тринадцать трупов, мороженая рыба.

«Господи, думаю я, почему мороженая рыба?» – и снова придавливаю макропода... он не отзывается.

Щелк.

Щелк.

– Махачкала, самолет бьется в гору, пятьдесят один труп.

Щелк.

Щелк.

– Бугульма, самолет об землю, сорок трупов.

Щелк.

Щелк.

Рука стала дрожать.

– Иваново, аэропорт, самолет об землю, восемьдесят четыре трупа.

Щелк.

Щелк.

– Иркутск, самолет об землю, сто двадцать пять трупов.

Щелк.

Щелк.

– Сибирь, самолет в штопор и об землю, семьдесят пять трупов.

Щелк.

Щелк.

– Хабаровск, самолет об землю, девяносто трупов.

Щелк.

Щелк.

Макропод не отзывался.

– Шпицберген, самолет об гору, сто сорок трупов.

Щелк.

Щелк.

– Черкесск, самолет разрушился в воздухе, пятьдесят трупов.

Щелк.

Щелк.

– Иркутск, самолет об землю, сто сорок пять трупов.

Щелк.

Щелк.

– Новороссийск, ракета сбивает пассажирский самолет, шестьдесят пять смертей.

Щелк.

Щелк.

– Сочи, самолет падает в море, сто тринадцать.

Щелк.

Щелк.

– Иркутск, самолет врезается в забор за посадочной полосой, сгорают сто двадцать пять человек.

Щелк.

Щелк.

Красная Москва рыдала.

Игроки подолгу толпились у ломберного столика.

– Донецкая область, самолет сваливается в штопор, сто семьдесят жертв.

Щелк.

Щелк.

– Пермь, пьяный пилот разбивает самолет, восемьдесят восемь жертв.

Щелк.

Щелк.

– Беслан, триста пятьдесят жертв, половина детей, полтысячи раненых.

Щелк.

И тут я отдернул глушитель от скулы.

– Стреляй, – сказал Роман Николаевич.

Макропод не шевелился.

– Ну что же? – угрожающе возвысился надо мной Барин.

Рыбка не отзывалась.

Меня колотило.

Я не мог представить себе, что я умру, а мой ребенок останется в этом проклятом мире без меня. Что-то произошло со мной за эти дни. Мой будущий ребенок вдохнул в меня жизнь, жалкий страх за нее.

Я поднес револьвер к виску.

Мужик напротив вперился в меня исподлобья.

Я разжал пальцы, ствол громыхнул на доски.

Я с хрустом разжевал макропода и проглотил его. Я не был способен соображать. Наверно, я боялся выдать свой секрет.

«Он откусил себе язык!» – раздался чей-то шепот.

* * *

Меня вышвырнули.

Ни о каких деньгах я не мог и помыслить, молился, чтоб не убили.

О, как я бежал по Москве!

По Моховой, по Тверской, через площадь Белорусского вокзала – на Пресненский Вал, оттуда на Заморенова и остановился только перед Белым домом. Кругом темень, фонарь на КПП и за рекой снопа прожекторов вокруг гостиницы «Украина», похожей на космический корабль на космодроме.

Пить я начал уже на Пресне, продолжил на Савеловском, а в Султановке снова загудел с генералом, уже не вязавшим лыка.

Мы с ним сидели друг напротив друга, и он поднимал голову, только когда я протягивал ему рюмку.

Счастье обуревало меня. Я счастлив был, что выжил.

«Беслан... Что ж такое Беслан?.. – судорожно соображал я: – Где это вообще?» У нас с Пашкой на курсе учился мальчик с Кавказа – Беслан. Он рано женился, и мы ездили на свадьбу в консерваторскую общагу на Малой Грузинской, где жила его невеста, скрипачка...

Мысль о том, что генералу придется вернуться под следствие, теперь меня не тревожила. Я счастливо думал о Вере, о нашем общем счастье.

Спать я лег на веранде и едва не околел посреди заморозков.

Вера разбудила меня спозаранку, и мы молча – на электричке, метро, трамвае – доехали до Остроумовской больницы.

Окоченевшее равнодушное лицо Веры, какое было у нее в то утро, с заплаканными глазами, до сих пор стоит передо мной.

В приемный покой в старой больнице меня не пустили, санитарка вынесла мне на крыльцо пакет с вещами Веры – обувью и одеждой.

– А какое это отделение тут у вас? – спросил я, чиркая спичкой и слыша, как затрещал пересушенный табак болгарской сигареты.

– Гинекологическое. Не знаешь, что ли, куда девку свою привез? – буркнула сухонькая пожилая санитарка.

– Она жена мне.

– Жен к нам не возят.

– Это еще почему?

– Раз пошла замуж, то рожай. Ежели противопоказаний нету.

– А...

Больше я ничего не стал спрашивать, ужас уже овладел моим существом...

Я побрел по городу, понемногу соображая, что Вера решила избавиться от ребенка. Сначала развернулся и побежал – прорваться в приемный покой, вывести ее оттуда силком. Но вдруг я остановился. Я оказался охвачен злорадством: что ж? пусть! Это ее жизнь, ее ребенок. Если она не желает моего ребенка, она не желает и меня, значит, нам не суждено. Насильно мил не будешь! И потом мне снова хотелось бежать в больницу – бить стекла и звать ее, но я купил портвейна и влил в себя бутылку.

Вечером я оказался на Казанском вокзале. Я был страшно пьян, хотел покончить с собой, бросившись под поезд, но поезда, прибывавшие и отбывавшие, делали это настолько медленно, что я передумал.

Я боялся показаться в метро, чтоб не попасть в ментовку, и остался в зале ожидания. Здесь меня подсняла белобрысая девчонка. Обещала «приютить» за десять баксов.

Я никогда не пользовался продажной любовью, но в тот вечер попросту боялся оставаться наедине с собой... Я обрадовался хоть какой-то опоре, хоть чему-то, за что можно было зацепиться в действительности. Она привела меня к себе домой в первом этаже где-то в Лялином переулке. Открыла нам ее мать – приветливая огромная рыжая тетка с распущенными по плечам пушистыми волосами. Она предложила мне войлочные тапочки, и я попросил пива. Мне принесли бутылку прокисшего «Трехгорного», с осадком. Мне было всё равно, и я стал пить. Девчонка начала раздеваться.

Чтобы не ужаснуться, я попросил выключить свет. С чуть коротенькими ногами, с шершавой гусиной кожей на тугой попке, с твердым, как айва, лобком. Но у нее был замечательный прямой нос, острая небольшая грудь, – она завелась не на шутку, и я неожиданно ей ответил – со всей силой разрывавшего меня отчаяния.

Потом я не мог заснуть и слушал, как она болтала, что хочет пятерых детей, что скоро ей замуж, у нее есть уже мальчик, он ходит челноком в Китай, копит деньги на свадьбу... Болтала беззаботно, а всякая беззаботность во все, даже самые тяжкие времена есть синоним счастья...

Утром я передал пакет с вещами санитарке и встретил Веру. Бледное, будто из гроба, лицо убийцы глядело на меня. Я встал на колени. Вера приостановилась, провела рукой по моим волосам и медленно, будто заново училась ходить, побрела к метро.

Я стоял на занемевших коленях, и слезы текли мне в рот. В те минуты я был уверен, что больше никогда не увижу ее. Но я ошибся.

Тогда меня спас алкоголь. Я не мог заснуть без трех-четырех бутылок пива, а просыпался чуть свет от бившей вдруг в грудь и пах пружины тревоги. Более нескольких минут я не мог находиться в одиночестве, особенно по утрам, и выходил на улицу, где натощак наворачивал круги то по Садовому, то по Бульварному, а к вечеру прибивался к ЦДХ или к бару *Shamrock* на Арбате, где за стойкой с облегчением зарывался губами и носом в подушку пены и выпивал густой сытный бульон *Guinness*.

Через неделю я раскаялся и пришел к Барину. Я не столько надеялся заработать денег для освобождения генерала, сколько мне нужно было находиться на людях, под присмотром.

– Что ж? – сказал он. – Сменишь Калину в курьерах, ему пора на повышение. Но для начала я тебя накажу за ослушание. Не возражаешь? – добавил Барин, поглаживая меня по бедру.

– Как вам будет угодно, Роман Николаевич.

После этих слов меня уложили ничком, приковали наручниками к спинке кровати, и я честно отработал сутки.

Барин что-то колол мне в плечо, и я кайфовал, смеялся как сумасшедший. И потом отваливался в эйфории, уже едва соображая, что анестезия моя преступна.

После этого меня сдали каким-то людям, которые не обмолвились со мной ни словом и не дали выйти из-под кайфа. Меня привели к доктору, здесь меня взвесили, измерили рост, осмотрели, взяли анализ крови, дали подышать в резиновую кишку, а потом на клеенке, какую привязывают к ручке новорожденного, были выписаны какие-то числа, как я понял – допустимые дозы анестезии, или просто опознавательный индекс. Клеенку мне пришили с внутренней стороны куртки, и я отправился в свой первый курьерский полет – на Кипр.

Путешествовал я по поддельным паспортам, везде меня проводили через обе таможни одни и те же люди – с незапоминающимися лицами, с правильными чертами лица и водянисто-стальными глазами. Таможенники расступались перед ними, как трава перед косой.

В самолете я был предоставлен себе – закидывал на полку саквояж, набитый деньгами, и, хоть уже и чувствовал себя, как жук, завернутый в вату, но всё равно распечатывал фляжку коньяка или пузырек «Абсолюта».

Расписание мое было устроено так, что спать мне удавалось только в самолете. Прилет, поход в банк, отдача денег по адресу – на банковский счет по уже подготовленным документам – и обратно в аэропорт. На кровати я не спал полтора месяца, мыться мне разрешали только в каком-то особнячке близ «Шереметьево», в полутемном, схороненном за забором и со стальными жалюзи на окнах. Его наверняка использовали раньше для тайных операций: пытка резидентов, вербовка и т.д.

Спать мне здесь не давали, хоть я то и дело норовил упасть куда угодно и забыться. Меня поднимали, кололи, одевали и отправляли машиной с двумя провожатыми и деньгами снова в аэропорт. Особенно я любил дальние перелеты, когда можно было порядком покемарить.

Через две недели такой жизни я пришел в состояние вечного полусна. У меня исчезли желания, кроме одного: хотелось вернуться в Москву, чтобы получить еще одну дозу. Теперь я стал, как дворняжка, прикормленная на одном месте.

Но в какой-то момент внутри меня что-то заскулило, и я сбежал.

В том особнячке в коридоре стояла не то плевательница, не то пепельница, на чугунной ножке, казенная примета. Наконец хозяева мои то ли расслабились, то ли намеренно нарушили инструкцию, но настал тот день, когда меня курировал только один человек, потому я и рискнул.

Я получил свои три кубика, и когда мой сторож отвернулся прибрать ватку и спирт, уложил его пепельницей в затылок. Я взял с собой горсть ампул, иглы, дрожа и бормоча: «Жадность фраера сгубила», вынул из саквояжа три пачки денег и поднялся на второй этаж, где на окнах не было решеток. Приземляясь, я подвернул ногу и, прихрамывая, добрался до шоссе.

Декабрь встретил меня на пустынной ж/д платформе.

По дороге к Султановке меня сопровождал крик ворон.

Слабая тропка была пробита от калитки. Над дымоходом поднималась жидкая струя дыма.

Я по целине приблизился к веранде. За заиндевевшими ромбиками стекол различил стол и стоящую на нем вазу с сухим репейником.

Глухая тишина вокруг, и где-то вдали кашляет ворона.

Я обошел дом и поднялся по кладке дров на приставленные к стене козлы, чтобы заглянуть в гостиную.

В камине горели дрова. На полу на медвежьей шкуре, чуть скрытый простыней, лежал Верин муж, Никита...

В этот момент в дверях в снопе солнечного света, бившего с южной стороны дома в окна, появилась обнаженная Вера. Она несла в руках бутылку шампанского и два бокала. Поставила всё на пол и, встав на колени, положила руку на грудь мужа. И тут она взглянула вперед, и мы встретились глазами.

Секунду, не дольше, мы смотрели друг на друга сквозь двойную раму, заложенную сугробом ваты.

Я отвернулся и спрыгнул.

Когда уходил, оставил деньги на крыльце. Покрепче завернул их в шапку, чтобы синицы не расклевали, и с остывающей головой пошел прочь.

Скоро я распрощался с родителями и уехал из России, как думал тогда – навсегда.

Как удалось мне на сухую да на новом месте перетерпеть морфиновую привязку – до сих пор не понимаю. Такое возможно только в юности, когда сила воли не ослаблена дурным здоровьем. Уже в весеннем семестре я набрал обороты и полностью подчинился академической целесообразности. Тогда же из Пашкиного письма я узнал, что отец Веры умер на этапе...

Пока не услышал снова это слово – Беслан, – тринадцать лет скитался по университетам. Столько лет вдали от родины превратили отчизну в призрак. С наукой в целом у меня обстояло неважно, многое не получалось так, как хотелось бы, но я упорно работал, произрастал честным растением в лесу цивилизации, готовясь превратиться когда-нибудь в перегной.

В Америке я учился в аспирантуре и работал, но получить там постоянную позицию не удалось. Родители переехали к сестре в Германию, а я в Гренобль. Потом был Бейрут, год провел в Кейптауне, два в Париже и после неудачной попытки жениться на француженке снова вернулся в Америку, где осел на несколько лет в Корнелле, в красивом и таинственно унылом месте.

Жил я почти на самом отшибе, за моим двором шла холмистая местность и начинался лес. Моими соседями были заяц, сурок, олень и енот. Енот был наглый, являлся на крыльцо требовать фрукты, а когда я пытался его шугать, скалился и шипел. Заяц забавно, будто на костылях, пересекал ближайшие склоны. Оленю я был рад и за околицей смастерил ему кормушку, куда накладывал каменной соли.

Кругом царили живописные холмы, скалы, провалы, водопады, заросли. Диснейленд хотел купить у университета земли для приключенческих аттракционов, но не справился с заломленной ценой. Но отчего-то это обреченно живописное замкнутое место наводило на меня тоску. Три улицы вдоль реки, набор одних и тех же ресторанов. Жизнь в фотографии.

Каждый месяц кто-то из аспирантов прыгал с одного обрыва в скалистый провал. Об этом говорить было не принято. Три университетские газеты молчали, но слухи об очередном самоубийстве доносились с достоверностью.

Однажды зимой я понял, что скоро стану следующим в списке прыгунов. Еле настала весна, не принеся облегчения, кое-как минуло лето. Я готовился к осени и уже присмотрел удобную стартовую площадку над пропастью, полной валунов, меж которых пробирался блестевший кое-где ручей.

И вот я в самом начале сентября по *CNN* снова услышал это слово.

«Беслан!» – звучало по всем новостным каналам.

Террористы в этом городе захватили в школе тысячу заложников, половина из них дети.

Я не помню, как я мчался в аэропорт, летел через Франкфурт в Москву, как потом прилетел в Минводы и на такси с разболтанной гремящей подвеской прибыл в Беслан.

Все дороги перекрыты, остановлено движение поездов.

Я не сразу вошел в город.

Страшная жара. Белесое небо.

Спасаясь от стаи бездомных собак, вылетевших из-под ворот близ разъезда, я вскочил на подножку вагона стоявшего грузового состава.

Внутри раскаленной теплушки оказалось сено.

И запах яблок.

От соседней цистерны несло мазутом.

Я ходил вокруг школы, смотрел в бинокль. В одном из домов столкнулся с занявшими позицию снайперами. По квартире они передвигались на четвереньках, перетаскивали тяжелое оружие. Потребовали предъявить документы и велели исчезнуть и не высовываться.

Я отошел подальше и залез на акацию за гаражами. Актовый зал, столовая, корпус начальных классов, тренажерный зал, котельная, мастерские: всюду выломанные окна, стулья и парты в них. С дерева меня сдернули военные, отняли бинокль.

———

Я пошел в город. Но скоро вернулся к школе. В толпе говорили, что среди террористов негры. Другие возражали: застрелили во дворе школы боевика, и труп разложился на жаре, потому и почернел.

Вдруг грохнул взрыв, и захлопали выстрелы.

Из окна школы выпрыгнул человек, выбежал со двора, военные повели его в штаб.

Приехал на машине какой-то важный начальник, невысокий, седой, его тоже куда-то повели.

К вечеру подоспел еще один, усатый, подтянутый, в окружении военных. Он прошел в школу и скоро вышел.

Ночь я провел на автобусной станции.

На следующее утро к школе медленно-медленно подъехал грузовик, наконец выехал, его встречали, вытаскивали трупы из кузова.

Время текло медленно, как высокие облака в небе.

Вдруг два взрыва снесли крышу со спортзала.

Люди стали прыгать из окон, выбегать из парадной двери. По ним террористы открыли огонь из флигеля школы.

Начался штурм.

Военные, гражданские, вооруженные и безоружные – все кинулись к школе спасать детей. Я помогал делать носилки из одеял. «Неотложек» не хватало, горожане на своих машинах увозили раненых в больницы.

Боевики поставили людей в окна и стреляли из-за них. Прорваться внутрь школы не давали баррикады. Военные под огнем эвакуировали детей. Толпа избивала каких-то мужчин. Штурм шел до самой ночи. Стреляли из танка и огнеметов.

Я помогал, чем мог, таскал в ведрах воду, поил и поливал плачущих детей.

После я хотел уехать куда-нибудь, но не получилось, вернулся, стал помогать на кладбище, с памятниками – то раствор замесить, то плиту установить. Так и прижился в кладбищенской сторожке.

Ко мне не знали как относиться. Но человек по сравнению с таким горем – иголка в сене, любой потеряется.

С тех пор я и живу здесь. Летом в горы ухожу, к зиме спускаюсь, иду на кладбище. Летом почва податливей, сами могилу выкопают, а зимой земля – гранит, помощь нужна, вот я и помогаю.

———

Еще за могилами детей присматриваю, как умею. Однажды поехал во Владикавказ, снял денег со счета и купил на все *G-Shock* – целый день ходил по городу, скупал часы – я их потом прикопал у каждого в изголовье. Зачем? Не знаю, но почему-то после этого я спокойней стал.

Зимой люблю у костерка посидеть, хлеб да колбасу поджарить. Время от времени жители меня подкармливают пирогами с сыром и зеленью, и мне хватает. Тут горы близко, Военно-грузинская дорога, живописно очень, иногда даже дух захватывает, так что даже и не верится, что вокруг тебя ад.

На кладбище мне спокойно.

Купил себе четыре улья.

Пчелы собирают мед с кладбищенских цветов, но я его не ем.

Я верю, что мед воплощает души детей, окропивших цветы кровью.

Я нарезаю соты и раздаю их по воскресеньям.

Еще я выпалываю могилы, собираю мусор.

В прошлом году ко мне прибилась пегая псина, сучка. Я не знаю, как ее зовут, сколько ей лет, она мало что разумеет, кажется, она глухая. Летом брал ее в горы. Горожане говорят: прогони ее, нечистая животина. Но я не гоню, всё ж живой кто-то рядом быть должен. В общем-то псина безобидная, единственное, чего боюсь, что она родит щенят. Часто псина моя что-то скулит, поет, что ли, и я пытаюсь вслушаться, но скоро у меня разбаливается голова. Иногда она путает день с ночью, и спать я ложусь с ватой в ушах, чтобы не просыпаться под ее песнопения. Этим летом ее покусали пчелы, у нее опухла морда, и я возил ее в ветеринарку. Наверное, псина решила полакомиться медом. Будет ей наука.

Но в целом она мне нравится. Иногда ест траву, цветы, будто овца. Иногда в ее выцветших глазах появляется теплота, и мне хочется сделать для нее что-то хорошее. Мне нравится просыпаться от того, что она лижет меня своим языком — руку, лицо. И ест она аккуратно. Но иногда сочетание в ней тревоги с заторможенностью меня удручает. И тогда, чтобы развеселить глухую, я варю для нее сгущенку, как когда-то варил для Веры. Для меня вареная сгущенка тоже лакомство: однажды опять не стерпел и проткнул неостывшую банку — сладкая струя влетела мне в шею и плечо, и псина вылизала меня дочиста...

Здесь, на кладбище, я много читаю. Хожу в городскую библиотеку. Неожиданно полюбил Блока. Его хорошо читать вслух.

Небольшой костерок, потрескивают последние осенние цикады, звезды над синей равниной. Псина – благодарная слушательница. Она смотрит на меня и поскуливает.

Приближается звук. И, покорна щемящему звуку,
Молодеет душа.
И во сне прижимаю к губам твою прежнюю руку,
Не дыша.

Снится – снова я мальчик, и снова любовник,
И овраг, и бурьян,
И в бурьяне – колючий шиповник,
И вечерний туман.

Что ж? Весной надо будет отсюда выбираться.

22 февраля – 22 декабря 2012 года

Литературно-художественное издание

Иличевский Александр Викторович

ОРФИКИ

Роман

Заведующая редакцией *Е.Д.Шубина*
Выпускающий редактор *А.С.Портнов*
Технический редактор *Т.П.Тимошина*
Корректоры *Е.Д.Полукеева, И.Н.Волохова*
Компьютерная верстка *Н.Н.Пуненковой*

ООО «Издательство АСТ»
127006, г. Москва, ул. Садовая-Триумфальная, д. 16, стр. 3

http://facebook.com/shubinabooks
http://vk.com/shubinabooks

Отпечатано с готовых файлов заказчика
в ОАО «Первая Образцовая типография»,
филиал «УЛЬЯНОВСКИЙ ДОМ ПЕЧАТИ»
432980, г. Ульяновск, ул. Гончарова, 14

Александр ИЛИЧЕВСКИЙ

Премия «РУССКИЙ БУКЕР»

Речь в романе не о знаменитом французском художнике, а о русском физике, который неожиданно решается на «перемену участи» и становится бродягой, бомжом. А Матисс — это символ яркости, света, невозможного, того, чего не хватает в повседневной жизни герою — он яростно противится обыденности, несвободе («мертвый я или живой?»).

В романе есть еще один главный герой — потаенная Москва, о которой вы не прочитаете в путеводителях: засекреченные подземки, выселенные дома, мистические зоны обитания...

Александр Иличевский

СОЛДАТЫ АПШЕРОНСКОГО ПОЛКА

Александр Иличевский (р. 1970) — российский прозаик и поэт. В квадригу «Солдаты Апшеронского полка», создававшуюся им на протяжении десяти лет, вошли романы «Матисс» («Русский Букер»), «Перс» («Большая книга»), «Математик» и «Анархисты». Во всех четырех историях — при совершенной разности сюжетов — предъявлен один и тот же способ существования героя: неудачливый в той или иной степени человек в какой-то момент своей жизни решается на перемену участи. Превратившись, по сути, в пепел и руины, он находит силы на новую, совершенно иную жизнь.

Иличевский пишет метароман. Сквозных персонажей и сюжетов нет, но есть объединяющий тип героя — задумчивый интеллигент с научным складом ума, который выпадает из контекста неприглядной, жестокой, безвкусной современности. У всех героев есть какая-то убедительная внутренняя закваска, навык самостояния и самодостаточности. Им не нужно «быть в ладу с веком», они способны придумать себе мир таким, каким он нужен, и в нем не затеряться.

«Итоги»

Евгений Водолазкин

ЛАВР

Евгений Водолазкин — автор романа «Соловьев и Ларионов» (шорт-лист «Большой книги») и сборника эссе «Инструмент языка». Филолог, специалист по древнерусской литературе, он не любит исторических романов, «их навязчивого этнографизма — кокошников, повойников, портов, зипунов» и прочую унылую стилизацию. Используя интонации древнерусских текстов, Водолазкин причудливо смешивает разные эпохи и языковые стихии, даря читателю не гербарий, но живой букет.

Герой нового романа «Лавр» — средневековый врач. Обладая даром исцеления, он тем не менее не может спасти свою возлюбленную и принимает решение пройти земной путь вместо нее. Так жизнь превращается в житие. Он выхаживает чумных и раненых, убогих и немощных, и чем больше жертвует собой, тем очевиднее крепнет его дар.

Есть то, о чем легче говорить в древнерусском контексте. Например, о Боге. Мне кажется, связи с Ним раньше были прямее. Важно уже то, что они просто были. Сейчас вопрос этих связей занимает немногих, что озадачивает. Неужели со времен Средневековья мы узнали что-то радикально новое, что позволяет расслабиться?

Евгений Водолазкин